キスができない、恋をしたい

崎谷はるひ

幻冬舎ルチル文庫

CONTENTS ✦目次✦

キスができない、恋をしたい

✦イラスト・街子マドカ

キスができない、恋をしたい……3

あとがき……247

✦カバーデザイン＝齋藤陽子（CoCo.Design）

✦ブックデザイン＝まるか工房

キスができない、恋をしたい

はあっと、玄関では大きなため息が聞こえた。

このところの、帰宅の挨拶《あいさつ》代わりになっているそれが、胸の奥をひんやりとさせる。思わず眉間《みけん》に皺《しわ》がよりそうなのをこらえ、天野《あまの》脩《しゅう》は明るい声を発した。

「おかえり、憲之《のりゆき》」

「……ああ」

脩の声に気づいた岩佐《いわさ》憲之は、きちんと磨かれた革靴を脱ぐ合間に、ちょっとだけ顔をあげ、かすかに眉《まゆ》を動かした。セルフレームの眼鏡《めがね》越しにも、憲之の目が充血しているのがわかり、脩は眉をひそめる。

「目、赤いよ？」

二十センチはうえにある顔を見あげてつぶやくけれども、憲之はどこまでもそっけない。

「わかってる。しかたない、納期前で一日モニタに貼りついてるから」

「でもさ、あの――」

心配なんだけど、と脩が言いつのろうとしたときに、憲之のポケットのなかから携帯電話のバイブ音がした。無言ですらりとした手のひらを見せられ、『静かに』のポーズを取られると、脩はそれ以上なにも言えなくなる。

「岩佐です。……ああ、はい。皆川《みながわ》さん、どうなさいましたか」

憲之の低く重い声が、ほがらかに響く。仕事用の電話になると、ワントーン高くなるのはいつものことだが、基本の声音が太く、重たいので、妙にぞくっとするような甘さがあった。

(皆川、ってことは、春海《はるみ》ちゃんだ)

電話の相手は、脩の友達の恋人である。そして憲之が派遣SEとして契約している会社の、システム部のえらいひと――つまりクライアントだ。

仕事の邪魔をするわけにはいかないと、脩はおとなしく黙りこんで、忠犬のように背の高い彼を見あげ『おあずけ』の態勢に入った。とはいえ間が持たず、いじいじと自分の長めの髪をいじる。最近変えた髪色はアプリコットショコラ。品のいい明るめの色は気に入っているけれど、きっと目の前の男からは「どっちにしろ茶髪」のひとことで終わりなのだろう。

(昨日染めたんだけどな。気づく……わけないか)

同棲《どうせい》二年目の脩の恋人、憲之はいつも忙しい。

クールに整った顔だちに眼鏡の似合う、見るからに理系の憲之の仕事は、プログラマーあがりのSEだ。プログラマーはプログラムを書くひと、SEはそのプログラムを設計したり、プロジェクトをまとめるひと――らしいのだが、そもそもパソコンゲームすらうまくクリアできない脩には、それがどう違うのか、いまひとつよくわからない。

「はい、はい。……あー、ループしてますか。初期段階でなにかバグがあるかもしれませんね。洗い出し、指示しますか。……はい、サイトのほうも。ちょっと待ってください、確認します」

言うなり、持っていた鞄から、居間のテーブルのうえにノートマシンを取りだして電源を入れる。無線でネットに接続するなり、ものすごい速さでキーボードを叩き、URLとパスワードを打ちこんだ憲之は、携帯を肩に挟んだまま、しばしモニタを睨《にら》んだ。

「これ、テスト段階のですよね。あとは会社に戻って見てみないとなんともいえませんね。レイアウトの崩れが出てるのは、もとのサイトのソースをXHTMLに移し替えたせいでしょう。そこは外注さんに処理してもらうとして……」

専門用語をまくしたてる憲之の、横顔を眺めて、脩は無意識に眉間に皺を寄せていた。

(なにゆってっか、ちっともわかんない)

憲之が、皆川春海の勤める会社に頼まれ、SEO対策とやらをやっていると言われたとき、「それ知ってる、会社の社長さんなんだろ」と答えたくらい、脩にはその手の知識がない。

――それはもしかしてCEOのことか？　根本的に違いすぎるだろう。そんなもんごっちゃにするな。

アホかと冷たい声で言った彼は、モノ知らずな脩に呆《あき》れきった顔をしていた。テレビでもよく説明しているだろうと言われても、基本的に脩は、自分に興味がある事象に関する以外のアルファベットとカタカナ語は、全部右から左に流れていく脳の構造をしているのだ。

ちなみに、なにがどう違うのか教えてくれと告げたら、憲之はいま使用しているパソコンを起動させ、検索サイトをブラウザに呼び出し、言った。

——準備はしてやった。あとは自分で調べろ。

ちなみに検索の仕方もわからないと言ったら、眉をひそめて無言になった憲之に「もうおまえは知らんでいい」と言われておしまいだった。

「ええ、CSSの設定については最後の見直しで修正すればいいと思いますから。見場については、こだわりすぎないように、伝えてください」

脩にはとことんそっけない男は、厳しい顔で画面操作を続けつつ、電話の対応だけはよそゆきのやわらかい声でこなしていた。

「あとは明日、会議で。メールはもう出しておきましたので……はい、失礼します」

電話を終えた憲之が、ふうっとまた重いため息をついた。終わったのかな、と思って、脩はそわそわしながら口を開く。

「あのね、憲之。今日——」

「悪いが、まだ確認したいことがあるんだ。話はあとにしてくれ」

「あ……うん」

どうやら終わりではなかったらしい。憲之の目は、テーブルのうえのモニタからかたときも離れず、そっけなく告げられてしまえば、もうなにも言えなかった。

　趣味の延長で楽しく働いている自分とは違い、ストレスの多い仕事に就いている彼は、帰ってくると本当にくたびれきっていて、おまけにいまの電話のように、家に戻っても作業があったり、急な仕事で呼び出されたりもする。

（でももう、一週間くらい、まともに話、してないよ）

　３ＬＤＫのきれいなマンションは、目の前で猛烈に働く男の稼ぎで購入されたものだ。脩はといえば、微々たる給料から「できるぶんだけ」を月々、家賃としておさめているけれども、それはほとんど形ばかりと言ってもいい。

　脩より六つ年上の憲之はまだ三十歳手前。そのときどきの仕事の内容にもよるが、収入は平均して月に五十万、でかい仕事の場合なんかだと百万入ってくることもあるらしい。

　大手企業の定期契約もこなすが、以前勤めていた会社の友人らと手を組み、チーム形式でシステム開発を請けおったりもするという。そんな恋人の仕事内容を教えてくれたのは、本人ではなく、憲之の仕事相手でもある春海だった。

　──岩佐さんは相当なやり手で、ばりばり稼ぎまくってるよ。タフだし、切れ者だし、統率力もある。不安定なフリーのＳＥとしては、まごうかたなき勝ち組だろうね。

　春海自身はその契約先である大手企業のシステム開発部課長だったりするのだが、「俺は宮仕えだから、手取りはそうたいしたことないよ」と、ハンサムな顔で穏やかに微笑《ほほえ》んでい

た。

(でも、春海ちゃんだってお給料は絶対、すごいよ。少なくとも、おれより)

アルバイトあがりでライブハウスの店員になった脩自身は、将来の展望や貯金はおろか、いまだ手元で遊ぶ金も厳しいくらいの状況だ。それでも憲之のところに住まわせてもらっているから、収入のわりには楽な生活をしていると思う。

沈黙が横たわる部屋で、キーボードを叩く音だけが響き渡る。なにかプログラムのチェックでもしていたようで、憲之の眼鏡には画面に流れていく文字列が映りこみ、鋭い目の表情を隠してしまっていた。

「あ、あの、憲之、ごはんは?」

緊張感に満ちた空気に耐えられず、おずおずと問いかけて見ると、ちらっとだけ視線を流した彼は、またすぐにパソコンとにらめっこをはじめてしまう。

「食ってきた。さっき、メールもしただろう」

「そ、そか……」

色のない声、感情の動かない視線がさみしくて、脩はしょぼんとうつむいた。ひさしぶりに、脩が起きている時間に帰宅するという連絡は、たしかに携帯メールに入ってきてもいたけれど、少しだけ話をしたいと思った。しかし、全身から「邪魔するな」という空気を発している憲之には、それ以上食いさがれるわけもない。

間が持たず、テレビをつけると、夜半の情報番組ではレジャー施設の特集をやっていた。宣伝も兼ねているのだろう、アニメーションキャラクターをホストとする、巨大なコンセプトレジャーランドでは、なにやら期間限定のイベントを催しているらしい。

「あ、いまこんなのやってんだ。シー、行きたいなあ……」

つぶやいて、ちらっと憲之を見る。あてつけっぽくないかと、一瞬ひやりとしたけれども、どうやら聞こえてすらいないようだとため息が漏れた。

テレビの画面に映るホテルのスイートルーム紹介コーナーでは、最近人気のお笑いタレントが、おおげさに驚いたり、はしゃいだりしている。ヨーロッパふうの豪華な内装だが、意匠にはさりげなくキャラクターをちりばめてあって、遊び心がいいなあと脩はため息をつく。

前々からこの、千葉にあるくせに『東京』と名のつくレジャーランドが脩は好きで、施設のひとつでもあるホテルに泊まりたいと思っていたが、いっさいそういうものに興味のない憲之には呆れたようにばかにされた。

――おまえはいい歳《とし》して、アニメが好きなのか？

――そういうんじゃないの！　あれはオトナの夢の国なの！

一度も行ったことがない、数日かけて遊びに行きたいとダダを捏《こ》ねたときには、無理に決まっているだろうと一蹴《いっしゅう》された。

――俺の仕事は、いつ何時呼び出しがかかるかわかんねえんだよ。遊んでる暇なんかない。

――休みを取るのも、男のカイショーってやつだろ！

あまりにとりつく島もない彼氏に嚙《か》みついたら、生意気なと鼻で笑われた。

――さんざ稼いでる俺に甲斐性《かいしょう》なしって言いきるか？　だいたい、甲斐性くらい漢字で発音してみせろ。

そのあと、意地悪く笑った憲之に、脩は頰《ほお》を思いきりつねられた。常々、舌足らずな喋《しゃべ》りをする脩は、はっきりした低音で、アナウンサーかのように無駄に滑舌のいい憲之に、「ばかっぽい」とさんざんからかわれては歯がみすることも多かった。

脩にしてみれば、そんな言い争いさえ楽しかったのだけれども、ここしばらくはけんかひとつしたことがない。

（会話自体がないもん。揉《も》めるわけもないか）

ぴたり、とキーボードを叩く音が止まった。ふっと短い息をつき、憲之は画面を終了させる。終わったのかな、とクールな恋人をうかがうと、眼鏡を押しあげた彼は眉間をぎゅっと縮め、長い指でそこを揉んだ。

「風呂に入る。明日は早いから、朝飯はいらない」

「あ……う、うん」

立ちあがった彼は脩を一瞥《いちべつ》することもなく、ごく短い言葉を発して歩き出す。彼氏の後ろ姿を見送り、脩はしんみりとせつなくため息をついた。けれど、暗い顔を見せてはだめだと、無理やり口角をあげてみせる。

——家に帰ってまで気を遣いたくない。おまえは、きゃんきゃんうるさいけど、明るくていい。気分的には、邪魔にならないから。

かつて、同居をはじめたばかりのころ、憲之はそんなことを言ってくれた。けれど、いまではそれが哀《かな》しい。その言葉に縛られて、拗《す》ねることはおろか、うまく声をかけることさえできなくなった自分を知っているからだ。

(邪魔にならないって、いてもいなくてもおんなじってこと、なのかなあ)

夜半営業が多い店に勤める脩と、基本は九時五時で動く会社に出向する憲之では、生活時間も噛みあわない。こんなことならフリーターを続けていればよかったとさえ思う。

けれど憲之が「だらしない生活をするやつは嫌いだ」というから、ライブハウスの正社員として勤めだしたわけで、いまさらそんな甘えたことを言ったら説教を喰《く》らわされるだけだ。

(でも、じゃあ、どうすりゃいいの)

鬱々《うつうつ》と考えこんでいると、早風呂の憲之が居間に顔を出した。

「……なんだ、まだ起きてたのか」

スウェットの下だけを穿《は》き、がしがしと頭を拭《ふ》く彼の裸の胸を見たのはひさしぶりで、どきっとなった脩は息を呑《の》む。最近運動不足で筋肉が落ちたと、いつだかぼやいていたけれども、三十手前の男の身体《からだ》は厚みがあり、充分引き締まっていて逞《たくま》しかった。

（そういえば、どんだけエッチしてないっけ）

あの胸に抱かれて、翻弄《ほんろう》されたのはもう数ヶ月は前のことだ。思いいたれば急にはずかしく、赤くなって目を逸《そ》らした脩に気づくこともなく、憲之はそっけない声を出す。

「なに、ぼけてんだ。おまえも、たまには早く寝ろよ」

「お、おれ、まだ風呂入ってないから」

「ああ。悪い。もう、お湯落としちまった」

「シ、シャワー浴びるだけにするから、いいよ」

あっそ、と愛想のない声を発した憲之は、そのままきびすを返し、自室に行ってしまう。あまりにあっさりとした態度に、脩はむうっと眉を寄せた。

同居をはじめるにあたって、もともと寝室はべつにしていた。生活サイクルが違うことは最初からわかっていたし、憲之は自室で仕事をすることも多い。また脩は脩で、ライブのローテーションを決めるため、持ちこまれたデモを聴いてバンドを選別する作業を持ち帰ることもあったから、お互いのためにプライベートゾーンはわけておこうと決めてあった。

けれども、いまはそれがよかったのか、悪かったのかと思う。憲之の部屋は、このマンションのなかでもっとも玄関から近く、場合によると直行で自室にこもることさえあり、バタンという音で帰宅に気づいたときには、もう『作業中、近寄るな』のオーラがドアからむんむんと発せられていて、声もかけられないこともある。

(意地悪でもいいから、なんか言ってよ)

ひとり暮らしが長かった憲之は、基本的に、ただいまだとか、おやすみだとかの挨拶をしない。無口というわけではないし、皮肉を放つときにはやたら舌がまわるのだが、基本的に必要なことしか喋りたがらず、発するセンテンスは短い。

どちらかといえば甘やかされたいタイプの脩はそれが不満で、しかし、現状の憲之が忙しいのは事実だ。理詰めで説明されたらなにも言えない。

なにより、しつこくして嫌われたらと思うと、怖い。一応恋人同士で、同棲もしているとはいえ、ものすごく愛しあって関係を結んだわけではないからだ。

お互い行きつけのバーの常連で、幾人かの友人たちを経た顔見知り、という程度だったのが、あまりに生活状況も恋愛関係もめちゃくちゃだった脩に呆れた憲之が、ほうっておけず、引き受けてくれたという感じだった。

脩にしても、べた惚《ぼ》れしてつきあいだしたというよりも、成り行きで抱かれて、気がついたら『そういうこと』になっていたという感がある。

それでも一緒に暮らして、二年。

仕事もできて、そのせいで常に頭が回転しっぱなしの、情緒不足の理系の男はそっけないし皮肉屋だ。けれど、ひとつだけ言えることは、いままでつきあった誰よりも、憲之は誠実だということだ。

甘いことだけ言って、都合にあわせて態度を変えたりする男より、あのひんやりした、けれど安定している男のほうが、人間として上等なのだと、脩はちゃんと知っている。

仕事仕事でほったらかしにされてはいるけれども、そもそも自分の私生活すらギリギリに削り取ったような状況なのは見ていればわかる。頭脳労働が過酷なせいで神経がひりついている恋人には、できるだけ無理はしてほしくないし、それには脩自身が邪魔をするのがいちばんいけないことも、もう理解しているつもりだ。

でも、ときどきでいいからもうちょっと、脩のことも振り返ってほしいと思うのは、わがままなんだろうか。

「おれは、だいすきなのになあ」

いつもばかっぽい喋り方に聞こえるからやめろと言われる、ぽやんとした口調でつぶやく。つきあいだしてからも、ろくにいちゃいちゃしたことなんかない。けれど、時間をかけてゆっくりと知った憲之のことを、いつの間にか大事に思っていたと知ったのは、ここ数ヶ月のすれ違いがひどくなったせいだろう。

(憲之は、おれのこと、そんなに好きじゃないのも、ちゃんとわかってるんだけど)

でもたまには、キスがしたい。

本当にささやかすぎる希望だから、いまさらねだることもできなくて、脩はくすんと洟《はな》をすすった。

＊　＊　＊

朝も早くから憲之が出勤したあと、この日のシフトが夜出の脩は、友人の勤めるカフェレストラン『ボガード』に寄っていくことにした。

都心に近い、そこそこお高い住宅街の一角にあるこの店は、近隣に幼稚園があるため、午後から夕方は奥様タイムになる。ちょうど客足も引いたころらしく、静かなものだった。

「いらっしゃい」

カウベルのついたドアを開けたとたん、ほがらかな声を発した店長の余呉《よご》清順《せいじゅん》は、脩の顔を見るなり言った。

「なんだ、脩かよ。愛想まいて損した」

もともと脩の性癖やその恋人の事情もなにも熟知している余呉は、懐深くひとはいいけれど、そのぶんだけ口は悪い。そういうところは少し憲之に似ているかもしれないと、脩はひそかに思っていた。

「なんだはないだろ。おれお客だよ。なんか食べるのちょうだい……あれ？」

ひょろっとした体型に、丸眼鏡の似合う店長と毎度の軽口をやりとりして、カウンター席に座ろうとした脩は、奥のテーブルに意外な人物を見つけた。

「あっれえ、春海ちゃんどうしたの⁉」

「や、こんにちは。脩くん、おひさしぶり」

にっこり微笑む春海は、いつものようにやさしい物腰で脩を自分のほうへと手招いた。いいの、と目顔で問えば、向かいの席を勧められる。

「会社どうしたの？　遼《りょう》ちゃんと待ち合わせ？」

そういえば目当ての友人がいない、と視線をめぐらせる脩の疑問には、春海が答えた。

「今日は半休を取ってるんだ。ちょっと出先をまわったんで直接ここに来ることになったから、遼一《りょういち》には准《じゅん》を学校まで迎えにいってもらってる」

「なんかあるの？」

「うちのわがまま王子の誕生日会。プレゼントを見繕ったあと、外食でもと思ってね」

ナルホド、と脩は明るく笑った。准というのは春海の息子で、現在小学校三年生の、なかなかこまっしゃくれた少年だ。そして脩の友人であり、このボガードの店員でもある安芸《あき》遼一を、自分の父親の恋人と知りながら、なついている。三人が仲良くしているのを見るのが、脩はとても好きだ。

「あれ、でも今日、会議がどうとか言ってなかった？　憲之、朝から会社いったよ」

「朝イチの会議だけ顔を出したんだよ。あとは岩佐さんに任せれば問題なかったし」

話している間に、余呉がプレートに乗せたホットサンドとカップスープを運んでくる。脩はいそいそとおしぼりで手を拭き、ツナとチーズとタマネギとピクルスがほどよくとろけあったそれにかぶりついた。

「憲之、ちゃんと働いてる？」

遼一を介して知りあった春海と憲之を引き合わせたのは脩だ。とはいえ、その当時は春海の職業などろくに知らず、むろんとくに仕事のつなぎをつけるつもりはなかった。

友人がちゃんと彼氏に紹介してくれたのが嬉しくて、「じゃあ自分も」と渋る憲之を無理やり春海に面通しさせたところ、たまたま関連業種だった。そのうえ、春海がちょうど探していた受託業者として憲之が最適だったらしく、ここ一年ばかり仕事のつきあいが続いている。

「すごく助かってるよ。脩くんにはいいひと紹介してもらった。おかげでプロジェクトも順調だし」

ありがとう、と春海の端整な顔で微笑まれると、ちょっとうっとりする。なにより、自分がひとの役に立ったなら嬉しいけれどと、脩は照れ笑いした。

「あのさ、おれ、憲之の仕事よくわかんないんだけど。プロジェクトって、具体的にはどういうことしてるの？　あいつ、春海ちゃんの部下みたいにして、働いてるの？」

素朴な疑問を投げかけると、春海は穏やかな表情のまま教えてくれた。

「おおざっぱに言えば俺がやっていることは企画と人間の管理。岩佐さんにお願いしているのはシステムそのものを新しく作ってもらったり、そのメンテや管理。業種自体が違うようなものだから、部下とはちょっと違う」

会社に必要なシステム——たとえば営業用の出庫管理ソフトだとか、グループウェアなどを『これがいる、あれがいらない』と決め、企画を出すのが春海の仕事で、それを実用化するための作業をするのが憲之なのだそうだ。

「いまはうちの部署だけじゃなく、広報絡みで、会社のサイトの改修もお願いしてるよ」

「へー……そーなんだ」

脩よりちょうどひとまわり年上の春海は、大手企業のシステム開発部課長の肩書きもある、脩からすればすごくえらい大人だけれど、いつも物腰がやわらかく、少しも威圧的ではない。一児の父であるせいか面倒見もよく辛抱強くて、モノ知らずなくせに好奇心旺盛《おうせい》な脩の質問には、いつも丁寧に答えてくれる。

いつぞや、憲之にばかにされたＳＥＯとＣＥＯの違いを教えてくれたのも、春海だった。

——ＳＥＯってのはSearch Engine Optimization《サーチ・エンジン・オプティマイゼーション》で、検索エンジン最適化のこと。ＣＥＯはChief Executive Officer《チーフ・エグゼクティブ・オフィサー》、最高経営責任者のことで、日本では社長が兼任しているパターンが多いから、誤解するのもしかたないかな。

甘い低い声で、先生みたいに教えてくれた春海には、ほかにもいろいろ長々と説明されたけれど、脩はさっぱりよくわからなかったし、覚えてもいられなかった。

――えーと、とにかく、なんか違うことだけはわかった。

そう告げると、「わかってくれて嬉しいよ」と、春海は苦笑ひとつで許してくれて、こういうところも管理職の器とやらだろうか、と脩はため息をつく。

「憲之も、春海ちゃんみたいに言ってくれれば、おれだってわかるのにさあ」

なにか訊《き》こうとすると、じろっと睨んで「そんなことも知らないのか」。それが怖くてなにも言えなくなるとこぼせば、春海はおかしそうに言った。

「はは。そこは性格もあるだろう、しかたないよ。先週もゾンビ退治してキレてたからねえ、怖いよね、ああいう時の彼は」

「ぞんび？」

「クラッキング……ハッキング、のほうがわかりやすいかな？　それをやられちゃったサーバーは、映画のゾンビみたいに、悪者に操られちゃうんだよ」

でろでろんと墓場から出てくるゾンビを想像して脩は震えあがった。

「うえ、きもい。それって、どうなるの？」

「社内機密を盗まれたり、勝手にウイルスメールをあちこちにばらまかれたり、とにかく企業としては大変なことになる。本来、そういうのはちゃんとファイアウォールで防御してるはずなんだけど」

春海自身もその騒ぎで大変だったのだろう、少し疲れの滲《にじ》む笑みを浮かべた。端末を使ってた新人が、仕事の資料をさがして海外のサイトにアクセスしたところ、アンチウイルスソフトが対応できていない新種のウイルスに引っかかってしまったのだそうだ。

「そこから穴が開いて、やられたんだ。その後始末で岩佐さんが社内に缶詰になっちゃったんだけど……心当たりは？」

「そういえば、すっごい疲れた顔してたかも」

「だろうね、とても怒ってたから」

そもそもあたりのいい男ではないけれど、そういうときの憲之は、正直、春海でも近寄りたくないそうだ。

表情が苛立《いらだ》っていたり、机を叩くなどの荒っぽい真似はいっさいないのだが、マシンガンのようなキータッチの音を響かせ、目だけぎらぎらと尖《とが》っている。そしてあの低く重たい声で、いつにも増して無表情のまま「死ねこのゾンビ」「ああ⁉ クソったれ、なんだこりゃ」「ふっざけんな、ばか！」と、マシンを睨んだまま、ひとり悪態をつきまくるらしい。

「それで終わると、ころっと変わって『これで問題ありません』って、すました笑い顔をするんだけどねえ。もう、それが怖くて怖くて」

「そ、想像つく。怖い」

脩は気苦労の多いらしい春海の微苦笑に、思わず「ゴメンナサイ」と頭をさげた。なぜ謝る、と不思議そうな顔をする春海に、脩はおずおずと問いかける。

「春海ちゃんみたいなやさしーヒトだからいいけど、あいつ会社でやってけてる？」

「んん……外注さんだから、さほど問題はないよ」

さほど、のあたりに妙な含みを感じた脩がじっと春海を見る。詳しくは語らないけれども、苦笑いが消えないあたりを見ると、やはり一部に怖がられているのだろうなあと思った。

（なんか、やだなあ）

脩はいい。どんな態度を取られたところで憲之を信じているし、好きだなと思う。けれど、知らないところで敵を作ってはいないかと考えると、ちょっと心配なのだ。

「おれにするみたいに、ものわかり悪いひとに、つっけんどんにしてない？」

「……岩佐さんは切れ者だから、自分が知っていることを他人が知らない、ということが、よくわからないタイプなんだよね」

ふうん、とうなずきつつも、脩は気づいていた。微妙にずらした春海の言葉が、脩の質問への答えなのだ。

（やっぱり、まわりにもえらそうにしてやがるか、あの野郎）

きっと春海にも気苦労を負わせているのだと思うとむかむかして、脩は思わず声を大きくしてしまっていた。

「でもっ、おれのことばかだばかだって言うの憲之なんだから、頭がいいなら、ばかにもわかるように説明すればいいじゃんっ」

むきっと怒ってみせると、春海は目をまるくしたあと小さく噴きだした。

「ああ……うん。一理あるね。たしかに、嚙み砕いて言うのも目上の役割だ」

「でっしょお⁉　そうだよね⁉」

身を乗り出して勢いこむと、後頭部をべしっと叩かれる。「痛いっ」と叫んだ脩が振り返ると、そこには余呉が呆れかえった顔で立っていた。

「あのなあ。だからってなんでもかんでも皆川さんに訊くな。このひとはおまえの知恵袋じゃなくて、遼一のダンナだ」

叱《しか》られた脩が「えー……」と口を尖らせると、春海が横からとりなしてくれる。

「余呉さん、いいですよ。たいしたこと話してるわけじゃないですし」

「皆川さん、あんたも甘いよ？　こいつは図に乗るんだから」

なんでそこまで甘やかす、と余呉がため息をつくと、春海は微笑ましそうに目を細めて、あっさり言った。

「いや、どうも准に似てるせいか、ほっとけなくて」

「……春海ちゃん、それさりげなくヒドイ」

小学生と同じ扱いかとショックを受けていると、からんとドアベルの鳴る音がした。

「あっ、遼ちゃん」

「脩ちゃん、来てたんだ」

おひさしぶり、と微笑む遼一は、相変わらずきれいだった。そのほっそりした手は、小さな准の手にしっかりと捕まえられている。春海より、離婚した元妻に似ているという、気の強そうな顔をした少年は、脩を見つけるなり大きな目でにやっと笑った。

「脩じゃん。なにしてんの？　仕事は？」

こまっしゃくれたことを言う准に、脩はわざと顔をしかめてみせる。

「メシ食ったら行くんだよ。それより誕生日だって？　おめでとさん」

「おう、ありがとさん」

九歳になったぞとVサインをしてみせる准は、体格のほうは父親に似たと見て、一四〇センチをとうに超えている。平均から見ても、けっこう大きいほうだと思う。

「去年まではまだ、だっこできたけどなあ」

「いらねーよ、ばーか。ガキじゃねーもん」

けっと笑った准に、春海が顔をしかめる。

「こら、准。ひとにばかとか言うもんじゃない。だいたい脩くんは年上なんだから、敬語を使いなさいと言ってるだろう」

「父さん、うるさい」

言いながら、准はぷいっとそっぽを向く。あれれ反抗期？　と脩が首をかしげていると、遼一が苦笑しながら耳打ちしてきた。

「拗ねて、照れてるだけ。最近、イベント日の約束、ことごとくダメだったから」

「あー、ナルホド」

外注とはいえ同じ部署に詰めている憲之があれほどばたついているのだ。統括する立場の春海はもっと大変なのだろうことは、脩にでも想像がつく。准の膨らませたまるい頬をつつき、ガキめ、と笑ってやった。

「いいじゃん、ちゃんと誕生日にお出かけできんだろ？　素直にパパに甘えとかないと、損するぞ」

「甘えたりしねーよっ、コドモじゃねーもん！」

「はっはー、コドモの常套句《じょうとうく》だ。ちびっこめ」

「てめ、あと五年経《た》ったら見てろよ！」

わざと准の頭に肘《ひじ》を乗せてやると、きーっと准が暴れた。抵抗がかわいらしく、ちょっとだけ、周囲が自分をかまう理由がわかった気がした。

「もー、離せよ脩！　店長、カフェオレちょーだいっ」

「はい、はい」

幼稚園のころから顔見知りの准には、余呉も甘い。かっこつけてカフェオレなどと言っているが、じっさいにはたっぷりのミルクに砂糖と、色づけ程度のコーヒーが混ざったそれは、准専用のコーヒー牛乳で、彼はそれが大好きだった。

「准、このあと食事だから、がぶ飲みするなよ」

「わかったよっ」

まだなんとなく反抗モードのひとり息子の言葉に、春海はやれやれと肩を落とした。苦笑した遼一は、だだっ子の面倒をみるべく、准の飛び乗ったカウンター席の隣に陣取っている。

「まったく、小学校に入ってからどんどん口が悪くなって……」

「あはは、清泉って私立のわりに、あんま品よくないんだよ、春海ちゃん」

ため息をつく春海に、脩は苦笑いする。准の通う、いわゆるエスカレーター式の私立学校に、脩もかつては在籍していた。

「ああ。脩くんは中学からだっけ？」

「そ。おれがいた途中まではギリギリ男子校だったし、いまは共学になっちゃったから、ちょっと雰囲気違うかもだけどね」

当時のことを思い出すと、まだ少し胸が痛い。脩が自分のセクシャリティを見つけたのはあの学校のなかで、同時にそういう人種が生きていきづらいのだと知らされたのもまた、学生のときのことだった。

当時は少女めいた容姿をしていた脩は、中学、高校と持ちあがる男連中のなかで、アイドル的な存在だった。告白されてつきあった、最初の彼氏も同じ学校の先輩だった。けれど脩が高校二年になったころ、少子化に苦しんでいた経営陣は、女子を受け入れることで学校を存続させる方法をとったのだ。

狭い社会のなかで疑似恋愛を楽しんでいた初恋の相手は、本物の女の子が現れたとたん、脩を邪険にするようになった。好きな子ができたとかできないとかではなく、『目が覚めた』と言いきって、かわいいかわいいと抱きしめていた脩を振り捨てたのだ。

そのとき、脩は悟った。おれみたいな『ホンモノ』は、生きていくのがちょっぴり、むずかしいらしい。

「……脩くんの通っていたころとは、もう相当違うだろうけど。でも、学校なんてそんなものだと思うよ」

ほんの一瞬物思いに沈んだ脩に気づいたのか、春海がそっと声をかけてくれる。ほっとして、脩はいつものように、へらりとした笑いを浮かべた。

「そう？」

「そうそう。二十年近く経っちゃうと、すでに学校名まで違ったり。時間が経てば、なんでも、変わるよ」

よくも、悪くも。目で語る春海自身、自分のセクシャリティを見つけたのは、結婚し、准が物心つくかどうか、というころだったと聞いている。その時期出会った遼一とも、いろいろな紆余曲折《うよきょくせつ》があったらしいことも。

ちょっとだけしんみりした脩に、春海は「さっきの話の続きだけれど」と話題を変えた。

「岩佐さんはたしかに怖いんだけど、仕事を頼んでから、いままでシステム開発担当だとか、サーバーメンテ業者だとか、プログラマとかで、あちこちに分散していた業務を一本化できたんだ。彼は自分の人脈持ってるから、システム関係の『何でも屋さん』をしてくれる、それはすごく助かるんだよ」

ＳＥとひとくちに言っても専門スキルは案外、細かく分散されている。ことに近年のＩＴ流行《はや》りのおかげで、にわかＳＥが増えたものだから、操れるプログラム言語はそれぞれに偏り、トータルで任せられることは少ない。それが憲之の場合、まず彼自身がなんでもできるし、できない部分は補えるだけの人脈もあるという。

「……そうなの？」

「そう。だからうちとしては、岩佐さんのチームとだけ契約すればいいし、マルチに知識があるから彼ひとりに話をすれば全部通じる。おかげで正社員は企画にだけ専念できるから、効率もあがった。みんなそれをわかってるから、ちょっと口が悪いとかちょっと怖い程度で、彼をきらうひとはいないよ。だから安心していい」

「……べ、べつに心配してないもん」

脩の拙《つたな》い心配を見透かした言葉に、ちょっとどもる。口を尖らせた脩に微笑んで、春海はなおも続けた。

「岩佐さんはそういう意味での感情を表現するデバイスがないから、敵は作りやすいかもしれないと、俺も思うけどね」

「でばいす……ってなあに？　春海ちゃん」

脩が訊けば、「特定の機能を持った装置とか、道具って意味だよ」と教えてくれた春海は、ひと息ついて続けた。

「ただ、あのフリーダムな感じは羨《うらや》ましいかな。腕一本で食ってるっていう矜持《きょうじ》が、彼のあの自信と揺るがなさでもある。そこは、男としては憧《あこが》れもあるよ」

羨ましいなどと言いながら、表情は晴れやかだった。春海は春海で自分の仕事に誇りを持ってもいるのだろう。だから年下の憲之をあっさり認めてもみせるし、脩のようなうるさい子どもにやさしくもできるのだ。

「まあ、本当の岩佐さんは、脩くんが知っていればいいんじゃないかな？」

くすくす笑いながらのそれに、脩は赤くなるしかなかった。


准専用配合の『カフェオレ』を飲み干すころには、准の機嫌もすっかりなおっていた。両手に春海と逵一を捕まえ、にこにこしながら去っていく三人連れの姿は、逵一の性別さえ除けばまるっきり、仲良し夫婦とその大事な子ども、という図そのものだった。

「いいなあ、らぶらぶー」

見送った脩が思わずぼやくと、余呉がぺちんと額を叩く。

「痛いって！　ぽんぽん叩くなよ、もっとばかになるじゃん！」

「それ以上なりようねえから安心しろ。……おまえだってダンナと暮らしてんだろ」

余呉のつっこみに、最近すれ違ってばかりだと脩は拗ねる。

「そうだけど……もう何ヶ月も、まともにデートもしてないもん。口きいたのだけでも一週間ぶりだよ」

「そりゃ皆川さんとこだって一緒だ」

「でも憲之は春海ちゃんみたいにやさしくないもん！」

たしかに多忙ではあるだろうけれど、知っている限りの春海は、なによりも遼一や准を優先しているように見えた。憲之のように仕事仕事でほかに目がいかないというよりも、家族や恋人を護《まも》っていくために働いている、という気がする。それを羨ましいと思ってはいけないのかと脩がむくれていると、余呉は顔をしかめた。

「必死なんだよ、皆川さんは。おまえが思ってるよりずっとな」

「え？」

どういう意味だ、と脩が目をまるくすると、脩よりもよほどあのふたりを知る余呉は、簡単に他人を羨むなとたしなめた。

「岩佐はフリーのぶんだけ、世間の目って意味じゃあ、気は楽かもしんねえぞ。皆川さんなんかは、やっぱりいろいろ面倒も多い立場だから」

「そうなの？」

「准がリベラルに受け入れてるから、まだ摩擦は少ないけどな。……大人はいろいろ、複雑なもんが、あんだよ」

子どもだっていろいろあるんだぞ——と、脩は言い返すことができなかった。じっさい、自分がいまつきあいのある人間関係のなかで、いちばん幼く、ものを知らない自覚もある。

「それに、岩佐が適当なことするやつじゃねえのは、おまえがいちばん知ってんだろ？」

「……うん」

ことの起こりから経緯を知っている余呉に言われて、脩はこくんとうなずいた。

なにしろ、ほんの二年前まで、脩は准よりひどいくらい、敬語が話せなかった。まともな仕事もしていなかったし、恋愛も、生活も、すべてにだらしなかった。ともだちもろくにいなかった。

周囲を見まわすと、日当たりのいい清潔な喫茶店。ちょっと口は悪いが気のいい余呉や、穏和な春海や、やさしくてきれいな遼一、生意気だけどかわいい准。そういう人間関係を築いて、いまの環境を脩に与え、安定させてくれたのは、たしかにあのそっけない男だ。

「あのねえ店長」

「なんだよ」

「おれねえ、憲之のこと、だいすきなんだあ……」

のろけのような言葉なのに、とてもさみしく響くのは、相手がそうだとは限らないから。いっぱい大事なものをくれた憲之だけれど、いまだに脩をどう思っているのか、よくわからないから。

「まあ、おまえみたいなばかっ子には、もう少しわかりやすくしたほうがいいのかもしれないけどな」

岩佐には無理かと苦笑して煙草をくわえた余呉に、脩も眉を下げて笑った。

（わかってるよ、贅沢《ぜいたく》なんだ）

大好きなひとに、大好きと言われたいけれども、そんなことを言う憲之はもはや憲之ではない気がする。

「ラブがほしいのに、ちっともラブくない男が好きなんて、おれって、マゾかなあ？」

せつなさを揶揄《やゆ》でごまかすことだけはじょうずになっていく、これが大人になるってやつなのだろうか。

＊　＊　＊

もともと脩と憲之が出会ったのは、四年前。新宿にある『止まり木』というバーだった。

ひっそりとビルの谷間に埋まるようなこのバーは、ドアを開けるといきなり細長いカウンターがある。いわゆるウナギの寝床と称されるような、ひとひとり通るのが精一杯のそこには、大抵、常連客がたむろしている。そのため、一見すごく狭そうな感じに見えるのだが、奥にはテーブル席もいくつかあって、入り口からの予想よりも広い。

無理やり増築を繰り返した、古いビルのなかにあるため、そんな妙な造りになっているらしい。これじゃあ集客率は悪いんじゃないのか、と知ったような口を脩が叩いたとき、マスターは、隠れ家のような店にしたいから、冷やかしが入りにくいならそれでもかまわないのだと言っていた。

ゲイの集まるこの店は、とくに専門にしているわけではないのだが、マスターがいかにもその道の人間なもので、いつの間にやらその手の人種で埋まるようになったのだそうだ。

磨き抜かれた、飴色《あめいろ》のカウンターのなか、ほがらかなマスターと物静かなバーテンダー。趣味のいい酒に、流れる音楽はジャズオンリー。こぢんまりした店ながら、穏やかな大人の空間をしっかりと演出している。

そこで、静かに煙草をくゆらせながら、カウンターの端でロックグラスを傾けているスーツの男が、憲之だった。

（わあ、人種が違う）

脩がはじめて憲之を見た感想は、そのひとことだった。それはあちらも同じだったようで、店に入ってきた脩を見るなり発せられたのは、こんな言葉。

「……ガキが来る店じゃないだろ」

すごくいい声、と思ったのと、すごくやな感じ、と思ったのと同時で、脩の顔は変なふうに歪《ゆが》んでしまった。

「ガキじゃないもん」

「おまえみたいなのは、バーじゃなくてクラブで踊ってればいいだろ。場を荒らすな」

言い返すと、これまたひどい。ぶうっと頬を膨らませ、脩は意地悪な男を睨んだ。

(なに、こいつ)

当時、二十歳だと言い張ってはいたが、ぎりぎり十九だった脩は、見た目や言動から、かなり幼く、軽い子だと見抜かれていた。そもそも髪色も、当時はド派手なアッシュやハニーオレンジ。ファッションについては、そのころ人気のあった、パンキッシュな曲をうたうモデルあがりの女の子を狙《ねら》っていたくらいで、ばれないほうがおかしい。

対して憲之はといえば、すらっとした長身にスーツと眼鏡が似合っていて、見るからに頭がよさそうだった。六つ年上という話だったが、もっとずっと落ち着いて見えたのは、たぶん引き締まっているせいで細身に見える身体の割に、太くて重たい声をしていたからだと思う。

重低音でいきなり叱りつけられると、いささか怖い。けれど、脩は強気に睨み返した。

「荒らしたりしないもん、おれ、ふつうに飲みにきただけだから」

じっさい、止まり木に来る顔ぶれというのは二十代なかばでも若造と見なされる、落ち着いた大人が多い。脩自身、もっと若い子向けの店にたむろするタイプなのは自覚があった。だが、初対面の人間にいきなり否定的な態度を見せられる筋合いもない。

言い返すと、憲之は上から下まで脩を値踏みするように眺め、冷笑を浮かべた。

「ロケーションを荒らしてるんだよ、おまえの存在自体が」

さして短気なたちでもない脩だが、これにはさすがにかちんときた。

「なんであんたにそんなこと言われなきゃなんないの？　いきなりけんか売ったのそっちのほうだろ。感じ悪い！」

少しだけ怯《ひる》みつつ、ビビリと思われるのもいやで、脩は細い脚を踏ん張った。だが浮いているというのは図星で、それ以上の反論が見つけられない。

なにより、怖そうな大人の男相手に、気圧《けお》されていたのは事実だ。

「どうせ酒の味なんかわかんねえだろ。チェーン店でサワーでも飲んでさっさと帰って寝ろ」

（たしかに、酒の味なんか、さっぱりわかんないけどさっ）

内心では言い返すものの、睥睨《へいげい》する目の冷たさに腰が引けていると、穏やかな声が剣呑《けんのん》なふたりの間に割って入った。

「ああ、いいのよ憲ちゃん。その子は、アタシが呼んだの」

言ったのは止まり木のマスターだ。誰も本名は知らないし、彼も教えようとはしない。五十前後の、鬚《ひげ》とバーテンダースタイルがよく似合う、ぱっと見は渋いダンディなおじさまなのだが、口を開けばこてこてのオネエ。それでいてどうやらバリタチらしいという噂の、なかなか謎な人物だった。

「マスターが？　なんでまた」

納得できない顔で、カウンターに腰かけた憲之は長い脚を組み替える。怪訝《けげん》そうな顔にはかまわず、にこっと笑ったマスターは、おいでおいでと怖い笑顔で脩を手招いた。

「来たわねボウヤ。さて、なにか言うことあるでしょう」

「……この間はスミマセンでした」

ぺこんと頭をさげ、脩はごそごそと封筒を取りだした。これ、と上目遣いにマスターを見ると、彼は鷹揚《おうよう》な雰囲気で軽くうなずき、受けとった封筒で脩の頭をぺちんと叩いた。

「まあいいわ。ちゃんと謝りにもきたし、許してあげるから、二度とあんなことするんじゃないわよ」

「ゴメンナサイ」

憲之相手には突っかかったけれど、親と近い年齢のマスターを相手にしては反抗する気にはならない。なにより、自分が悪い自覚はあったので、素直に謝った脩に、マスターは目尻に皺のできる、滲むようなやさしい笑顔を浮かべた。

「いいから、そっちにいる遼一くん……遼ちゃんにも謝りなさい」

なにが起きたのだか、さっぱりわからないという顔をしていた憲之はとりあえず置いておいて、彼の近くにいた、やさしげな雰囲気の青年に脩は頭をさげた。

「えと、このあいだは、ごめんなさいでした」

「ううん、いいよ。無事に帰れた？」

「うんっ、帰れたよ」

にこっと笑ってくれた青年は、脩よりも三つ年上だという話だった。顔だちからほっそりした遼一が微笑むと、涙袋がそっと押しあがる顔はやさしそうできれいで、その笑顔に、脩はいっぺんでなついた。

「遼ちゃんって言うの？　おれも遼ちゃんって呼んでいい？」

「はは、いいよ」

やった、とはしゃいで遼一の隣に座ろうとしたとき、「おい」と低い声がかけられる。

「もしかしておまえか、この間、ここをハッテン場と勘違いして男と騒ぎ起こしたのは」

じろっとレンズ越しに睨んでくる憲之の目は鋭かった。思わずびくっと顎《あご》を引くのは、それが事実だったからだ。

「なにがガキじゃない、荒らさない、だ。のっけでアホやってんじゃねえかよ」

「だ、だって、あれは、おれだけが悪いんじゃないもんっ」

憲之の追及に必死になって言い返しつつ、脩も言い訳にもならないことはわかっていた。ナンパしてきた相手に誘われ、この店で飲んだ。カウンターに座っている間も股間《こかん》や脚をしつこく撫《な》でて落ち着かないから、トイレでフェラチオしてやったのだが、その現場をたまたま、遼一に見られてしまい、マスターにもバレてしまった。

――ふざけんじゃねえよ、そんなのはよそ行ってやれ！　ウリならもっとごめんだ！

にこやかなオネエの彼にドアを蹴《け》られ、『風紀を乱すな』と怒鳴られた瞬間びっくりして、脩は男のアレを嚙んでしまった。おかげで相手は怒って殴るし、遼一とマスターがいなかったら、本当にボコにされていたかもしれない。

とにかく帰れと叩き出されたが、そのせいでお代を払い損ねていた。怖かったし、どうしようかな、と思ったけれども、帰り際に「二度とやるな」とマスターに言われた。

――アンタね、ろくに知らない相手、生でしゃぶってんじゃないわよ。おまけにあんな、見るからにヤリチンを。口腔《こうこう》感染したいの？

言われて、考えもしなかったとぞっとした。迷惑をかけたのに、病気もらって死ぬ気か、せめてゴム使えと叱ってくれたマスターに、謝ってお金だけは払おうと、がんばってやってきたのだ。

「充分悪いだろ。だいたい――」

「はいはい憲ちゃん、もうお説教はいいわ。にゃんこちゃん怯《おび》えてる、見てごらん」

マスターが顎をしゃくったさき、憲之は脩の震える脚に気づいて目を瞠《みは》った。じわっときている目元に気づかれたくはなく、必死になって眼鏡の男を睨みつける。

体格差も年齢差もある相手に怒られるのは、すごく怖い。この店で騒ぎを起こしたとき、脩は途中でやめようとしたのに、かまうなと言った相手は髪が抜けそうなほど頭を摑《つか》んで、まるで脩のことなどかまわず、吐くほど性器を喉《のど》奥に押しこんできたのだ。

店から揃《そろ》ってたたき出されたあとも、抵抗したからだとお腹《なか》を殴られた。危なそうだからと様子を見に来てくれた遼一が、警察を呼ぶぞと声をあげてくれなかったら、もっと殴られたかもしれない。マスターはそれを知っているのだろう、体格のいい男に怯えた顔をする脩の精一杯の強がりを見抜いて、やわらかい声をかけてくれた。

「アンタも、反省したのね？　もうしないわね？」

「……ウン。しません。……しないから、ちょっと飲んでいって、い？」

いいわよ、と店主が許せば、その場は終わりだ。にこっと笑って手招いてくれたのは遼一で、しなやかな腕に甘えるようにしがみついた脩は、意地悪だった憲之に向かって「いー」と歯を剝《む》いたが、彼は肩をすくめただけで、なにも言うことはなかった。

（なにこの余裕の態度）

さらにむかついた脩がなにか言おうとしたとたん、ばたばたと店に駆けこんだ人間が、憲之を見つけるなり大声をあげた。

「いたいた、憲之！　いつまで飲んでんだよ、早く来てくれってメールしたろ！」

「うぜえな……腕引っぱるな、行くから」

少しあせった態度の、待ち合わせの相手らしい男に引っぱられるまま、憲之は席を立つ。

「いつもうるさくてすみませんね、マスター」

「いいええ。また来てちょうだいね」

穏やかに勘定をすませ、消えていった憲之を見送り、脩はふてくされた声を発した。

「なんなのあいつ。すっごいむかつく！」

悪態をつくのは、気圧された自分が歯がゆいからだ。そんな虚勢などお見通しと言わんばかりの顔で、マスターは微笑んだ。

「憲ちゃんはね、この世界じゃめずらしいくらい、まじめなのよ。……しっかし憲ちゃんの声ってやばいわよねえ。ベッドのなかでは威力倍増って気がするわ」

「……あんな鉄仮面の、なにがだよ」

うふっと笑うマスターの言葉に、脩は同意したくなどなかった。

（たしかにちょっといい男で、いい身体してて、いい声かもしんないけど！）

でもあんな意地悪な男はいやだと脩は目をつりあげた。迎えに来た男も彼氏だかなんだか知らないが、憲之と同じような、スーツの似合う、エリートっぽい大人の男だった。なんだかツレのタイプまでも脩とはまるで違って、それにすら、ばかにされた気がした。

「ばっかみたい。なんか、委員長とか生徒会長って感じ。きらい、ああいう男」

今度会ったらイインチョウと呼んでやる。むくれた脩に出されたのは、ノンアルコールのカクテルだった。

「えー、なにこれっ、お酒はっ!?」

「お酒は二十歳になってから」

どこぞの公共機関のようなことを言って、マスターは煙草をくゆらせる。目尻に皺のある笑みは、「ここに来ることは許してやるから、酒は飲むな」と告げていた。

＊　＊　＊

かなり印象の悪い出会いながら、憲之とはその後もちょくちょく、止まり木で出くわした。名前のとおり、カウンターにずらっと並ぶこの店の客たちは、ひとときの憩いを求めるように酒を飲み、リラックスしている。やる、やらないという会話はほとんどなく、店内に流れるジャズと同じく空気が穏やかで、ゲイの集まるなかにもこういう世界もあったんだな、と脩は感じていて、この店のことが大好きになった。

「なんか、落ち着くよね」

「落ち着きのないガキの台詞《せりふ》かよ」

憲之には会うたび皮肉と意地悪を言われ、きいきいと怒る脩の姿は一種の名物にもなった。穏やかな人種が多く、あきらかに毛色の違う脩をあたたかく見守ってくれる年上のひとたちのなかで、いつまでも脩に辛辣《しんらつ》なのが憲之だった。

「岩佐さん、そこまで言わなくてもいいじゃない」

苦笑してたしなめる遼一にぺたりとくっつき「そうだよっ」と膨れてみせる。憲之は一瞥して無視するというおとなげない態度に出て、なおも嚙みつこうとした脩に、話題を変えようというのか、遼一が小さな名刺大のカードを差し出した。

「ね、脩ちゃん。いま俺、ボガードっていう店で働いてるんだ、よかったらおいでね」

「わあ、いいの？」

「どうぞ。うちのコーヒー、おいしいよ」

昼の顔も見せてくれるのかと喜んだ脩に、遼一はにこっと笑った。脩の好みから言うと、抱いてくれるタイプが好きなので、そういう意味では遼一はストライクゾーンからはずれている。けれども、この顔は好きだなと、脩はうっとりした。

「遼ちゃんだいすきー」

抱きつくと、はいはい、と笑って背中を叩いてくれる。欲のないスキンシップが嬉しくて、色っぽい鎖骨のあたりに脩はぐりぐりと額をこすりつけ、なついた。

（誘ってくれたんだもん、ともだちだって思っていいよね）

きれいでやさしい遼一は、憲之に比べるとさして来店頻度の高い常連ではないらしく、滅多に姿を見ない。どうやらつきあっている相手がいる間は、その彼に尽くしてしまうため、ぱたりとこの街から足が遠のくらしかった。

（でもここにいるってことは、カレシと別れたのかなあ）

あまり自分のことを多く語らない遼一は、やさしくてきれいだけれども、いつもさみしそうだ。四つ年上の彼の相手はなぜか妻帯者ばかりで、「悪い癖だ」とマスターもよくため息をついていた。

「早く誰か、いいお相手できるといいんだけど」

それについては脩も同意見だ。遼一はやさしくて性格もいいし、包容力のある年上の男なんかに、大事にされてくれればいいなと思うのに、この夜も遼一は、あからさまにわけありっぽい男と連れだって去っていった。

「不倫とか、似合わないのにな……」

遼一の消えた店で、しゅんと肩を落としてつぶやく脩に、憲之は鋭く突っこんだ。

「他人の心配してる場合か。最近ちょくちょく顔出すけど、彼氏は文句言わないのか」

「うっさいよ。あんたこそ他人のことに口出すなよ」

説教じみたことを言う憲之を、脩は睨みつける。出会いからこっち、どうも相性のあわない男は、眼鏡越しの冷たい視線で脩を咎《とが》めた。

「事実だろ。決まった相手がいるなら、ひとりで夜遊びばっかりしてるのはどうなんだ？　俺なら、いい気分はしないと思うが。それとも、またうまくいってないのか」

痛いところを突かれて、脩は一瞬声をつまらせた。事実、このころの脩と、当時の彼はすれ違いが多くなってきていて、けんかもしょっちゅうだった。

といっても、脩がひとりでぷりぷり怒っていただけだ。半年ほど前に、バイト先のライブハウスでナンパされて知りあったタカシは、鷹揚な年上の男で、大抵の不機嫌は「しょうがないな」と笑って許してくれていたけれど。

(最近なんか、めんどくさそうなんだよな……)

脩の繰り言を聞くのが面倒で、ハイハイと流されているような気配は、うっすら感じている。だがそんなことまで憲之に悟られたくはなく、わざと嘲笑《ちょうしょう》を浮かべて強気に言った。

「出たよ、イインチョーみたいな台詞が。あんただってつまみ食いしてんじゃないの⁉」

「俺はそんな危ない橋は渡らない。ここには酒飲みに来てるだけだ」

「じゃあおれだってそうだもん！」

ぷいと顔を背ける子どもっぽい態度に、憲之は広い肩をすくめただけだった。そしていつものように、待ち合わせ相手がやってくると、店を出て行く。

毎度、憲之を迎えに来る相手ばかりがひどくあせっていて、憲之自体は渋々の体《てい》だ。それもまた、モテる余裕かと思えば、妙に不愉快に感じられた。

「んっだよもう……彼氏いるなら、自分こそこんなとこ来るなっての」

「アンタねえ、こんなとこって、ひとの店をずいぶんな」

呆れたようなマスターの声に「ゴメンナサイ」と脩は肩をすくめる。失礼な物言いだったとはさすがに脩にもわかっていたので、上目に見つめると「めっ」と睨まれた。

「それに憲ちゃんのアレ、彼氏じゃないわよ。仕事仲間。単に仕事場が近いから、ここで待ち合わせてるだけよ」

「え……？　こんな時間に？　だってあいつ、会社員じゃないの？」

驚いて脩がマスターを見あげると、彼は呆れたように言った。

「憲ちゃんはフリーのシステムエンジニアってやつよ。立てこむと、昼夜関係なくなるんですって。……っていうか、アンタ一年近くも顔あわせてて、知らなかったの？」

知るわけないよと脩は口を尖らせる。なにしろ馬のあわない男で、顔を見ればけんか腰の会話しかないのだ。

「もうちょっとまともな会話してごらん。悪い子じゃないのよ」

「だって、あいつ、おれのことっきらってるもん」

憲之もマスターにかかっては「子」扱いかとおかしくなりつつも、それにはうなずけない。

脩がふくれてそっぽを向くと、少しだけまじめな声でマスターが言った。

「あのね。憲ちゃんが本当にアンタのことをきらってたら、あの子は口もきかないし、叱ってもくれないわよ」

「……どういう意味？」

「自分で自分の価値下げるのは、簡単ってことよ」

常になく、厳しい声を発するマスターの言いたいことは、なんとなくわかった。

この界隈《かいわい》で、脩は「すぐにやれる」と評判になっていた。実際、手とか口なら簡単につきあうし、止まり木の常連になったのも、ハッテン場じゃねえぞとマスターに怒鳴られたのがきっかけだ。

あれ以後も、身持ちがいいとは言えなかった。憲之がいつも辛辣なのは、だらしない脩の私生活に呆れている面も多い。そしてマスターは大人なぶんだけ、口出しこそしないけれども、けっして脩のそういう部分を許容しているわけではないようだった。

「耳に甘いことばかり言う人間より、ああして正論を言ってくれる相手のほうが貴重なの。もう少し、脩もひとを見る目を養いなさい」

アタシは親切じゃないから、これ以上言わないわ。

マスターの言葉はとくに押しつけがましくはないのに、なぜだか脩の心をひんやりさせた。

けれど、むずかしいことやまじめなことを考えるのがきらいな脩は、親切な大人たちの言葉を、面倒くさいと聞き流してしまって——後悔したときにはもう、遅かった。

脩がその当時同棲していた相手の男にこっぴどくふられた、と止まり木で泣く羽目になるのは、そのたった一週間後のことだった。

＊　＊　＊

けんかのきっかけは、ほんの些細《ささい》なことだった。

脩がバイトから帰ってきたあと、少し疲れていて、部屋のなかも片づけていなくて、それをタカシはひどく怒った。

「おまえ、まともに働いてもいないんだから、家のことくらいしろよ」

フリーターの脩はたしかに、当時、その男に半分養ってもらっているようなものだった。

ゲイであることがバレて以来、家出した実家には戻れず、大学も途中でやめて、いいかげんな生活をしていたとき、ナンパされてつきあった彼の家にずるずる居着いたのだ。

それでも、脩なりに肉体労働のバイトはきつかったし、ちょっと部屋は汚いけれども、我慢できないレベルではないと思っていた。なにより、『まともに働いてもいない』という彼の物言いに、フリーターの脩へのさげすみのようなものが垣間見えて、カチンと来た。

「そんな言いかたないだろ、おれだってバイトしてきたんだよ」

「遊び半分で、ナンパされてるだけだろ。いいよな、男あさりと趣味だけで仕事するやつは」

その店でナンパしたのはどこのどいつだ。目の前の男にむっとして、脩は口を尖らせ、いらいらと言った。

「なんだよ、そういう言いかたするやつ、きらい」

よくある、痴話げんかだと思った。いつもみたいに笑って許してくれると思っていた。しようがないな、とやわらかく苦笑して、嘘だよと機嫌をとってくれると思いこんでいた。だが、タカシから返ってきたのは、予想をまったく違《たが》えたものだった。

「おまえ、いっつもそうだな」

「え……」

「なんでもかんでも、いやだ、きらいだ、そう言ってりゃ相手が機嫌取ってくれると思ってるんだよな」

なんでいまさら、そんなこと言うんだろう。呆然《ぼうぜん》としながらひんやりとした目でこちらを見る男を眺めていると、重たくうっとうしいという気持ちだけがこもるため息が聞こえた。

「俺が我慢してることとか、そういうの、どうでもいいと思ってるよな」

「な、なんでそんなこと言うんだよ?」

びくりとして、カレシの顔を見ると、想像もしていなかったようなひややかな表情で見られる。その視線にはもう、脩に対するなんの感情もないということがありありと現れていて、脩は震えた。

「わ、わがまま言ってもいいって、言ったじゃん。いっつも、そういうのがかわいいって」

「思ってたよ。それにそこで突き放したらおまえ、泣くし」

そうだ。自分のわがままは不安の裏返しでもあった。どこまで相手が許してくれるか、それを計ろうと思っての言葉だったし、だから——。

(それくらい、わかっててくれたんじゃなかったの)

言いつのろうとした脩が口を開くより早く、彼は言った。

「けどな、その間俺が不安になったり、正直きついなあ、って思ってることとあったりって、それって、おまえ、考えてくれたことあった？　きらいきらいって、いくら本気じゃねえっつったって、言われるのはきついんだよ」

「それは……」

ざっくりと、言葉が胸に突き刺さる。考えもしなかった、などと言えるものではなかったし、タカシも許してくれる雰囲気ではなかった。

「こっちだってきついなと思って言い返せば泣かれるし、甘やかしても甘やかさなくても俺はいっつもいやな気分になるんだ。というより、俺っておまえのなんなんだ？」

「それ……それは」

「俺はね、おまえの気分をよくするためだけのツールじゃないよ。ついでに言えば、対等な彼氏でもなんでもなかっただろ、おまえのなかで」

別人のような、色のない目。手足が震えるほど怖くて、けれど思えばここしばらく、彼はいつもこんな目で脩を見ていた気がする。

覚えているのは、目をぎゅっと閉じて眉をぎゅっと寄せて、照れくさそうに大きな口を歪めて笑う、タカシの顔。

その、甘い、砂糖掛けのお菓子みたいな視線で見てくれていた日はずいぶん遠かったことを、いまさらになって脩は気づいた。

ひとことも言えないまま震える脩に、タカシはいやな顔で嗤《わら》った。

「まあ、そういうことだから。ぼちぼち潮時じゃねえの」

「なに……？」

そういうことって、どういうこと？　問いかけることすらできず、脩はただ青ざめたまま立ちすくむ。

「最近、顔見れば文句ばっかりだったし、いいんじゃない？　このへんで」

出て行けよ。もう疲れたんだよと吐き捨てるタカシに、脩は胃の奥がいやな感じに震えるのを知った。

「なんで、急にそんなこと言うんだよ！」

「急じゃねえよ、ずっと考えてた」

「文句あるなら言えばよかっただろっ」

「だからいま言っただろうが！　大体、前から注意したって、おまえ、聞きもしなかっただろ。もういいだろ、うんざりなんだ！」

たぶん、この夜、彼は機嫌が悪かったのだと思う。仕事がうまくいかないと、このところ愚痴ってもいたし、疲れてもいた。だがそのサインを、それこそ「いつもの愚痴」と見逃してきた脩を、はっきりと真正面から彼は責めた。

「セックスはしたくない、あれしろこれしろ、こっちの気分はおかまいなしで。ほんとおまえといると、俺は、きつかった」

「そ……そ、そこまで言うならおれだって言いたいことあるからなっ」

頭に血がのぼって、ひどい言い争いになった。細かい鬱憤、ともに生活していくうえで少しずつ積みあがってしまったそれらを、お互いに相当、ぶちまけてしまった。

（いま、それだけは言っちゃやだめ。なのに）

わかっているのに、言葉が止まらず、本当に最低な罵《ののし》りあい。記憶の一部が飛んでしまうくらいに頭に血がのぼって――だが、ストレスの多い彼が脩に投げつけた言葉が、最後のとどめを刺した。

「おまえに顔以外、なんの価値があるんだ。硬そうなケツとしまりのゆるそうな頭で、羞恥心だけいっちょまえ、ほんとに最低だな」

売り言葉に買い言葉、けれど発したそれは戻らない。ずたずたに傷ついた脩は、もういいと叫んでその部屋を飛び出すしかなかった。

＊　＊　＊

大げんかの末、行く場所も思いつかず、結局脩は止まり木に来ていた。電話をしてまずは遼一を呼び出し、この手の話を遠慮なくできる場所となると、そこしか思い当たらなかったのだ。

「やっちゃったねえ……」

ぐすぐすと洟をすすりながら修羅場の顚末《てんまつ》を語ると、遼一は慰めてくれた。しかしマスターのほうからは、「相手にも同情の余地はかなりある」という意見が出た。

「脩も、ちょっとわがままがすぎたんじゃない？」

「でもさっ、あんなに言わなくてもさっ」

「言われるようなことはしちゃったじゃないのよ」

前々からけんかの多かった自分たちについて、脩はマスターには包み隠さず話していたから、指摘されると言葉につまる。けれど、泣きべそをかいた自分が可哀想すぎて、脩はマスターに食ってかかった。

「なんだよ！　遼ちゃんがふられたときとかは、もっとやさしいのに！」

「遼ちゃんは男の趣味と男運が悪い。でもアンタは頭が悪い」

「ひどい！　遼ちゃん、マスターがひどいよ！」

脩はべそべそしながらやさしい遼一になついた。ただ慰めてほしいだけなのに、説教なんかされたくない。いまは思いきり、傷ついた気持ちに浸って泣いて、ぜんぶ忘れてしまいたかったのだ。

だからそこで、カウンター席の端で酒を飲みつつ、静かに耳を傾けていた憲之が、ぽつりと言った言葉に、脩は飛びついた。

「そんな男とは、別れて正解だな」

「だ、だよね!?」

いつもきついことばかり言う男にしてはめずらしい。さすがにひどいふられかたをした脩に同情したか、わかってくれたのかと勢いこみ、なかば腰を浮かせて身を乗り出したけれど、真正面で見た眼鏡越しのきつい目は、少しもやわらかい光などたたえていなかった。

「ああ、正解だ。恋愛の甘いところだけ貪《むさぼ》ろうとするガキに、ひとりの不幸な男がこれ以上痛めつけられないですむ。すばらしい英断だな」

「は……？」

てっきり同情してくれたのかと思いこんでいた憲之が放つ、きつい言葉に、脩はぽかんと口を開けた。情けない涙顔に向けて、憲之はふっと冷笑を浮かべる。

「そんなもん、ふられてあたりまえだ」

「な、なんでだよっ。おれのこと甘やかして、いい気分にさせたのあっちじゃないか！」

頭に血がのぼり、思わず食ってかかる。けれどどこまでも淡々とした憲之は、なおも脩に対して容赦がなかった。

「たしかに図に乗らせた相手も甘すぎた。けどな、その好意にあぐらかいて、相手の気持ちいっさい考えてもいなかったんだろ。そんなもん恋愛じゃねえ。ただの依存だろ」

「な……」

「住む場所も、生活も、おんぶに抱っこだったんだろうが。相手は親じゃねえんだ、そりゃ腹も立てれば文句も言うだろうよ」

言われてあたりまえだと指摘され、頭が真っ白になる。

「あ、あんたなんか他人だろっ、なんでそこまで言うんだよ！」

「だったら、他人のいる前でプライベートな話をべらべら、大声で喋るな。酒がまずくてしかたない。口を挟みたくもなるってもんだろ」

なんでこの男はこんないやなことばっかり言うんだ。泣きべそをかいて脩が睨むと、憲之はなおも言った。

「さっきから聞いてりゃ、ずいぶん一方的な言い分だったけどな。おまえがしんどいしんどいってなったとき、彼氏はちゃんと愚痴聞いて慰めて、叱ってもくれたんだろう。けどじゃあ、相手がしんどいってなったとき、おまえはなにしてた」

「なに、って……」

タカシの機嫌が悪そうなとき。どうしていただろうと思い出して、脩ははっとなる。

「……見た、こと、ない」

「はあ？」

いまさら気づいた事実を口にすると、憲之は器用に片眉だけを歪めた。

「そ、そういうときは、なんとなく会いたくないって言われてた。あんまり愚痴ばっかり言うのかっこわるいしって。じゃあ、会わないほうがいいのかなって思ったし……」

だから止まり木で時間を潰《つぶ》していたのだ。家出をした脩は住む場所もろくになくて、友人のところを転々としたり、大抵はつきあう男の家に住み着いてばかりだった。

タカシにしても、そのパターンだ。いままでの相手のなかでいちばん穏和で、年上で、面倒見もよくて。行く場所がないと言ったら、いつまでいてもいいよと、マンションの鍵をくれて、ぬくぬくと甘やかしてくれていた。

脩の言葉に、憲之は、心底呆れたという声で言った。

「……俺は相手の忍耐力に感服すると同時に、そこまで都合よくなってどうすんだとも言いたいね」

ため息をついた憲之に、もう反論する言葉がなくて、脩は唇《くちびる》を嚙んだ。自分がとんでもなくバランスの悪い状況にいたことを、口にしてはじめて気づいたからだ。

「そこでおまえは、なにがあったのかと訊いてやったか」

「……てない」

自分を叱ってくれる相手に、うっとうしい顔ばかり見せたり、反抗したりもした。けれど気遣ってやることなんか、まったくできていなかった。

「聞こえないな。はっきり言え」

「してないよ！」

追及され、脩はひどく落ちこみながら、声を荒らげた。これはただのやつあたりだという自覚もあった。自分がただただ甘やかされているばかりで、なにひとつ相手のために動くことがなかったと思い知らされたからだ。

自己嫌悪の痛みを抱えた脩にも、手をゆるめることなく、憲之はなおも追い打ちをかける。

「かまってくれることに甘えて、楽ばっかりになって、相手が自分を切るなんて、考えたこともなかったんだろうが」

「なんで、そんな、いやなことばっか、言うんだ……っ」

正論だとは思うけれど、きつすぎる。もう言うなと涙目で訴えても、鋭い言葉は脩に向かって突き刺さる。

「自分の非を顧みもしない、反省もしない態度がむかつくからだ。ことの起こりはおまえが部屋を散らかしていたせいだろう。そこを謝りもしないでキレて、ふられたのなんだのって言うのはおかしくないか」

図星だらけで、返す言葉もない。涙目で睨みつけるばかりの脩に、憲之は吐き捨てる。

「甘ったれのガキはこれだから。いいか、自分のために世の中がまわってるなんて考えるな。他人は自分のことで精一杯だ。おまえの都合でなんて生きてない」

「おれ、おれだって、反省し……っ」

ぶわっと溢《あふ》れそうになった涙に、憲之は舌打ちした。

「泣くなうっとうしい。泣けばすむのか。いままでそうやって相手に呑みこませたいやな気分を、おまえもおんなじだけ味わってみろ」

(だから、なんでそこまで言われなきゃならないんだよ……!)

反論は、もはや声にもならなかった。いくらなんでも、憲之の言葉はひどすぎる。

心臓が潰れそうなくらい、苦しかった。脩が真っ青になり、嗚咽《おえつ》をこらえるのが精一杯になっていると、あまりの毒舌ぶりに圧倒されていたらしい遼一が間に入った。

「岩佐さん、そこまで言うことないんじゃないですか」

苦しい喉を何度も嚥下《えんげ》させている脩の背中を、遼一はそっとさすってくれていたが、やさしい手つきとは裏腹に、憲之に対しては非難がましい目を向けていた。

「岩佐さんの言うことも、一理あるとは思う。けど、いま脩ちゃんは哀しいんだから、そこまで追いこむこと、ないんじゃないの？」

あとになって知ったことだが、遼一は当時春海の件で、いろいろと思い悩むことの多い時期でもあったらしい。こぞって厳しい周囲のなか、気持ちはままならないのだと、ひとりだけ脩に同情的でもあった。

「脩ちゃんがわがままだった、って部分は、そりゃ、あったかもしれないよ。でも、当事者じゃない人間が、そこまで言っちゃうのはどうなのかな。こんなに泣いてるのに、可哀想でしょう」

「うえ……っ」

やさしくされると、よけい涙が出る。子どものように遼一にしがみつき、脩は「ひいん」と声をあげて泣いた。

穏和できれいな遼一が、穏やかに責めるのに対し、憲之はいささかばつが悪くなったらしい。だが反論しない彼の代わりに口を挟んだのは、マスターだった。

「同じ話を何度もするからよ」

「え……？」

どういう意味だと首をかしげる遼一に、マスターはさも億劫《おっくう》そうな声を発した。態度にも口調にも呆れがにじむそれに、脩はぴくっと肩を震わせる。

「遼ちゃんはそう頻繁にこの店来てなかったから知らないだろうけど。脩がこのパターンでふられるのは、もう何度目かわからないのよ」

「えっ、そうなの？」

目をしばたたかせた遼一に答えたのは、しかめ面の憲之だった。

「マスターの言うとおりですよ。惚れっぽくて、すぐに相手に依存して、わがまま放題になって追い出されるの繰り返し」

脩の破局パターンは本当にルーチンワークかと言うほどに同じ経緯ばかりで、聞いているといいかげん疲れるのだ、と憲之はため息まじりに言った。

「でも、今度の相手は……半年か？　けっこう保ったなあと思ってたんだが」

「って、脩ちゃん、いったい何人と同じこと……？」

遼一が呆然として問うそれに、「覚えてない」と答えたのは、これも憲之だった。

「だいたい、この一年だけでも、短くて二週間、最長で今回の半年。俺が知ってる限りで男出入り繰り返してるだろ、まあよくも学習せずに揉めまくるもんだと思うが」

「ほっとけよっ！」

泣くだけ泣いたひどい顔で、いつも意地悪な男を睨む。だが憲之はあきれ顔のまま、問いかけてきた。

「一度訊きたかったんだが、毎度ながら彼氏もなんでまた、そこまで尽くすんだ。おまえよっぽどセックスがうまいのか？」

のろけも入っていたとは思うが、聞けばどいつもこいつも甘すぎる。理解しがたいと顔をしかめる憲之に、脩は言った。

「そんなの……好きじゃないもん」

「はあ？」

「エッチとか、好きじゃないもん」

つぶやくと、皮肉としか言いようのない顔で、憲之は片方の眉をつりあげた。睥睨する視線に顎を引くと、案の定厳しい声で嫌味を言われる。

「おおかた、今日はしたくないだの、気分じゃないだの言って、ベッドのなかでもただ転がってただけなんだろう」

「し……したいって、あいつが、言う、からっ」

脩はアナルセックスが苦手でしかたなかった。やると体調を崩すし、それでもしたいというから我慢もしたのだ。だが、そんなことを憲之は知らない。

「させてやってたのか。すごい自信だな」

「なんっ……」

鼻で笑う憲之に、脩は頭に血をのぼらせた。けれども、そこで脩が思いだしたのはタカシの悪意まみれの台詞だ。

――おまえに顔以外、なんの価値があるんだ。硬そうなケツとしまりのゆるそうな頭で、羞恥心だけいっちょまえ、ほんとに最低だな。

その最低を抱いたのは、どこの誰だといまは思う。けれどそれ以上に、本当にやさしいひとだったのに、あんなひどいことを言うまで疲れさせたのは脩だ。そう気づいてしまえば、怒りのゲージも一気にさがってしまった。

憲之の言葉は、あれに比べたらきっとまだ、マシなのだろう。タカシの吐き捨てた侮蔑《ぶべつ》は、そんな脩とつきあっていた自身ごと貶《おと》めるような最悪のものだった。

(そうだよな。憲之、もともとおれのこと、きらいなんだもんな)

だからいじめるんだ。意地悪なんだ。

もう理由もなにもわからない、混沌《こんとん》とした気分に見舞われた脩は、見開いたままの目からだばっと涙だけ溢れさせた。

「えっ？　な、なんだよ」

憲之はぎょっとした顔をしている。てっきりまた、涙声で怒鳴ってくると思ってでもいたのだろうと思えば、変なおかしさがあった。

「やっぱり、切れたからやだって言わなかったのが悪かったのかな……」

「切れた？」

脩がしょんぼりつぶやくと、聞き捨てならないことを聞いたと憲之が声を変えた。

「おい、切れたってなんだ。暴力でもあったのか」

ぐすぐす言うだけの脩の肩を摑み、なぜか真剣に覗《のぞ》きこんでくる。その目には蔑《さげす》むような色も、ざまを見ろというような加虐心もなく、脩は驚いた。

（なんであんたがそんな顔してんの）

不思議になった脩は、なかばやけくそも交えつつ、いままで誰にも打ち明けたこともない事実を、吐露した。

「あいつのね、すごい痛くてね。おれ、入れるの無理だったの、最初から」

「……え？」

ぽつりとつぶやくと、憲之がすごく怪訝そうな顔でこちらを見た。まるで睨んでいるかのように強い視線に、やっぱり言ってはいけなかったのかと脩は涙目になる。

「が、がんばったんだけどねっ、こういうの身体があわないっていうの？」

ぐす、と洟をすすってつぶやくと、その場の全員が目を瞠った。いままで、さんざん遊んでいるふうに見られていた脩が、そんなことを言うのが意外だと、彼らの視線が語っていた。

「それは、相手がよっぽどその……暴力的とか、だったの？」

聞きづらそうに問いかけてきたのは遼一だった。脩はかぶりをふり、違うと答えた。

「おれね、はじめてのエッチで、血が出たし怖かったから、誰としても、やだったの。そのあとも、痛くて……でも、それがいけなかったのかな」

セックスがうまくないのは、密《ひそ》かな脩のコンプレックスでもあった。あけすけになんでも話をするキャラクターだと思われていたが、じつのところこの顔ぶれに対しても、シモの話はごまかして、逃げていた。

脩が、アナルセックスが苦手なんて誰も思わないし、きっとユルユルだと信じられているだろう。そう思われているのにいまさら取り繕ってもしかたないし、噂を否定してもどうせなじられるか嘘だと思われる。

(だったら、どうでもいい。どうせ誰も信じてくれないし、おれだってきっと嗤うよ)

投げやりな気分で、ずっと言い訳もしないでいたが、いままでで一番長くつきあった彼とも別れ、さんざんに憲之に突っこまれたあとでは、ひねくれた見栄さえ張る気力もない。

何人目かの相手のとき、拒んだらひどく怖い顔で舌打ちされたことがあった。それ以来もっと肌を重ねる行為が苦手になって——けれど、拾われて面倒をみられている身分では、断ってはいけない気がしていた。

そのなかで、いやがったら引いてくれたのがタカシだった。だからやさしくて好きだなと思ったし、安心して甘ったれていられたのだ。

「……タカシには、させればよかった。宿賃代わりにでも、なったかもしれないのに」

そんなこともできないなら、憲之が言うように、ちゃんとタカシを思いやれれば、身体だけじゃなく気持ちよくしてあげられたのかもしれない。

自分が悪いのだと一度も考えなかったことが恥ずかしくて、失恋よりそのことで自己嫌悪になってしまった脩に、憲之は「待てよ」と言った。

「おかしいだろ。そんなこと我慢してどうするんだ。痛いなら痛いといえばよかっただろう」

「だってそれくらいしか、できないのに？　それにおれ、やだって言ったよ？」

うつろな笑みを浮かべると、憲之はそのときはじめて、しまった、という顔をした。

「みんな、やだって言ってもやめてくんないの。口とか手で勘弁してって言っても、どうも突っこむの好きなひと多くて。おれ、ちょっと女顔だし、噂が噂でしょ？　できないわけないって思ってたみたい。……でもあんたはそれ、言っちゃだめってゆっただろ？」

遼一がぎゅっと肩を抱きしめてくれるのがあたたかくて、ほとほとと脩は涙を落とす。

「したあとは熱出るし、寝こむから、入れるのはいやって言っちゃいけなかったんだろ？」

まったくしない、というわけにはいかなくて、定期的には応じた。痛いことを我慢したんだから、甘やかしてほしかったし――どこまで許してくれるのか知りたくて、わがままになった。

（もお、わかんない）

でもそれが間違いだったなら、脩はどうすればよかったのだろう。感情がピークを越えてしまって、くすくすと笑い出すと、憲之がとてもいやそうな顔で言った。

「……なんだよ。なに笑ってんだよ」

「んー。もぉ本当に、終わりなんだなーと思って」

脩の言葉は力なかったが、もうさきほどまでの、憤りも哀しみも冷めていた。そのあきらめきった声に、なぜか憲之がとりなすようなことを言う。

「終わりって、どうせ痴話げんかだろ。そのうち迎えが来るとか」

「来ないよ？」

だからなぜそこで笑う、と憲之は顔をしかめている。そういえば、別れ話の顚末の、全部を語りきってはいなかったなと脩は苦笑し、打ち明けた。

「愛人のオツトメもできなかったんだから、やっぱりだめだよね」

「……なに？」

憲之は今度こそ、はっきり怒った顔になる。涙の膜を張ったせいだろうか、脩の目には、さきほどより彼が怖くは見えなかった。

「なんだそれは。相手、結婚してたのか？」

「うん。でも男も好きだし、奥さんとは冷めた関係だからって、別居してたって……」

ごく小さな声でつぶやくと、肩をさすってくれていた遼一が痛みをこらえるような顔をした。そしてぎゅっと引き寄せてくれる。友人のやさしい手に甘えて脩が目を閉じると、またぼろぼろと雫《しずく》が落っこちた。

憲之は、その痛ましい表情を眺め、聞いたことがないほど低くて苦い声を発した。

「知ってて、そうなったのか」

「ううん。今日はじめて、知った」

タカシとの別れ際、もっとも最悪な事実をつきつけられたことがなによりつらかったのだと、脩は口に出してはじめて自覚した。

「そりゃ、奥さんについ最近まで面倒みられてたんじゃあ、おれの家事能力とか不満に思うわけだよなあって。さんざん比べられちゃったよ。いまごろ、より戻してるかも」

さきほどまでの派手な泣きかたではなく、静かに涙を落としていると、憲之が小さく唸《うな》ったあとに、脩の頭を軽く叩いた。

「……前言は、全部撤回する。いままでのも、だ。相手にも相当非があったな、それは」

言いすぎたとあっさり頭を下げられ、少し驚いた。真っ赤になった目できょとんと憲之を見ると、めずらしくもばつの悪そうな顔をした男は言う。

「でもな、おまえもまわりが辟易《へきえき》するほど、同じことするのはよせ。愚痴も繰り言も、同情してもらえるのは最初の数回程度だ」

「……ウン」

ぐっと脩はつまって、それでもうなずいた。自分で痛感してもいたからだ。そして、いままで辛辣で意地悪だと思っていた憲之の言葉が、じっさいには脩の悪いところをちゃんと指

摘して――正したほうがいいと伝えていたのだと、このときようやく腑《ふ》に落ちた。

――耳に甘いことばかり言う人間より、ああして正論を言ってくれる相手のほうが貴重なの。もう少し、脩もひとを見る目を養いなさい。

たしかにそうだ。ただ都合のいいときだけ甘やかして、最後にああまで切り捨てる男なんて、ろくなもんじゃない。

（おれ、ほんとに、ばかだ）

たくさん、いっぱい、忠告されていたのに、意地悪だと思ってまともに聞いていなかった。この痛さは、憲之なりの心配を無視していた罰かもしれないなんて、そんなふうにも思えた。

「もっと、タカシにやさしくしてやればよかったなあ」

「……脩ちゃん」

髪を撫でてくれたのは、自身も不倫経験の多い遼一だった。子どものように慰められ、ぐずぐずとしながら反省していた脩は、場の空気がしんみりしてしまったことに気づいて、えへへと笑った。

「ご、ごめんねみんな。愚痴きかせちゃって」

せめてこの場にいる顔ぶれには、きらわれたくない。そう思って目を潤ませたまま笑ってみせた。

マスターは、年齢の近い三人がごくまじめに話す間、とくに口を挟むことなく見守ってくれていた。近場にいる、もうちょっと顔見知りの常連もしかりで、見て見ぬふりだ。

若いうちはばかをやるのもひとつ、というのが、この店の大人たちの暗黙の了解でもあって、だから止まり木には一種独特のやさしいムードが流れている。

「ごめん、あんたもアリガト」

ぐずりと洟《はな》をすすって、うつむいたままつぶやく。憲之は一瞬目をまるくしたあと、いつものように皮肉を言った。

「おまえ、嫌味言われて礼言うばかがいるかよ」

「でも、叱ってくれてたの、ちゃんと聞いてないのは、おれが悪かったから」

指摘されたことにも、思い当たる節はたくさんあった。

もっとちゃんと、気をつけてあげればよかった。奥さんがいたにしたって、途中までちゃんとやさしくしてくれたのも本当だし、甘やかしてくれたのも、面倒をみてくれたのも、事実だったのだ。

「次は、がんばろう。気をつける」

小さな声の決意表明に、憲之は「そうしろ」とうなずいた。

「ただちゃんと相手は選べ。恋人だとか彼氏とかは、おまえに都合がいいだけの人格を持った対象物じゃないし、ただ無条件に甘やかされているだけっていうのも、おまえの人間性を認めているとも思えない」

忠告してくれているのだろうが、どうもこの男はややこしい言い回しが多いと脩は眉をひそめた。堅苦しい言葉と平坦《へいたん》な口調のせいで、学校の先生に叱られている気分になるのだ。

「……むつかしいこと言われても、おれわかんないよ」

「なにもむずかしい話はしてないだろう。まともにつきあいたいなら、場当たりで適当に引っかけるんじゃなく、それ相応の相手をちゃんと見極めて、自分も努力しろって言ってんだ」

そんなこと言われても、と脩は眉をひそめる。

この止まり木は比較的品のよいほうだが、もろにハッテン場、という店もこの界隈には存在する。脩が以前、いまよりずっとモノ知らずだったころに通っていたところがそういう店で、ゲイの世界はヤリヤリなのが常識だと、ある意味偏った意識を持ってしまったのも悪かったのだろう。

ナンパ相手に連れこまれたこの店で、マスターに叱られたことで常連となり、遼一や憲之とも知り合えたことで、少しずつ脩の認識は変わっていった。

彼らはいつも、ばかばっかりやる脩を叱る。けれど見捨てずにいてくれた。だがそこには、色恋が絡まないから、という大前提があったからだ。

「見極めるって、どうすりゃいいの。だいたい、会ってすぐエッチするパターンばっかかだったし、誰も、おれみたいなのとまともに話なんかしてくれないよ」

困り果てて脩がつぶやくと、憲之は「あー」と唸った。

「ルックスだけで寄ってくる連中、多そうだからなあ」

「……さっきみたいに、ヤリ目的の男しか引っかからないんだって、ストレートに言えば」

ぷく、とむくれて脩が睨むと、憲之は苦笑いする。

「しかたねえだろ。そう見えるのも悪い」

「顔はおれの責任じゃないよっ」

いつものようにわめくと、憲之は問題が違うと指摘してきた。

「顔じゃなくて、服装とか、喋りかたとかだよ。言わせてもらえば、色気だけならおまえより遼一さんのほうがあるし、エッチもうまそうだぞ。けどこのひとに、ホテル直行のナンパは少ないだろ」

「……なんか、褒められてるんだろうけど、うれしくないなあ」

苦笑する遼一には、じっさいちょっと『高嶺《たかね》の花』の空気がある。さみしげで色っぽいけれど、知性的な印象も強い。なにより年上好みの遼一に相手がいるときには、大抵レベルもステイタスも高そうな男ばかりだ。「速攻やらせて」などと下品なちょっかいをかける手合いは少ないのだと、脩もわかっていた。

「しょうがないよ。おれは遼ちゃんみたいな美人タイプじゃないもん。遼ちゃんが三つ星レストランの高級フレンチなら、おれとかコンビニのおにぎりだもん」

「コンビニおにぎり……そのココロは？」

マスターが首をかしげた。脩はやけくそまじりで、かつて言われたそれを口にする。

「つるっと剝いて簡単に食える。まずくはないし、安いし、まあいいかって満足度。だって」

「それ、おまえが考えついたんじゃねえだろ……誰に言われたんだ」

「えーっと、みっつ前のカレシ」

うまい喩《たと》えと言えばいいのか、失礼極まりないと言えばいいのか。遼一とマスターは不快だと顔をしかめていた。

「おまえね……それは……」

呻《うめ》いたのは憲之で、脩はきょろりと大きな目を動かす。まだ涙のあとが残る目尻は真っ赤なままで、鼻のさきも赤かった。

（すべっちゃったかなー）

さっきのいままでこの発言は、少し痛々しい響きに思われたようだ。笑ってくれるかと思いきや、全員がなんだか痛ましそうに脩を見ている。耐えきれなくて、涙に腫《は》れた顔のまま必死に笑ってみせた。

「やめてよー、同情とかすんの。おれ、もう忘れたんだから」

「脩ちゃん……」

「とりあえず、今日からどこに住もうかなあ。……あ、荷物タカシんちに置きっぱだ」

現実問題を口にすると、どっと疲労が襲ってくる。脩はまたしばらく、ネットカフェや漫画喫茶で夜を明かすことになるのだろう。

ふられたうえに宿無しだ。呻く脩を痛ましげに見たあと、マスターは唐突に言った。

「ねえねえ、ところで。そんなにでかかったの？　その男」

興味津々の顔で身を乗り出してきたのは、これ以上愁嘆場にしたくないマスターの気遣いだとは、脩にはすぐにわかった。だが、この手の話が苦手な遼一はさすがに顔をしかめた。

「やめましょうよ、そういう飲み屋トークは」

「あら、大事なことよ！　相手がデカマラだったのか、脩がきつきつちゃんなのかで、この子の今後のセックスライフが決まるのよ！」

うひひ、と下品に笑うマスターに対し、遼一は顔を赤らめつつそっぽを向いたが、ごくまじめな顔で憲之が言う。

「エロトークなわけじゃなく、マジで向いてねえ場合もあるぞ。アナルの手術なんかしたくねえだろ」

最初の男が求めてきたから、そのままなんとなく許していた脩だったが、言われてみるとけっこうコワイ話だ。開き直った脩は、この際洗いざらいぶちまけることにした。

「えと……でっかいかどうか、そんな、わかんないけど。タカシは平均、だったかなあ？」

「何本数えてるのよこの子は！」

マスターに小突かれて、えへへと笑ってごまかしたけれど逃げられず、脩は結局、詳しい形状までをも暴露させられ、話はそのまま脩のセックスカウンセリングへと流れていった。

「ふうん。じゃあそれ、でかいってより、太かったのね。カリ高の右ソリねえ。あたしはきらいじゃないけどお」

「そんな話はしてないでしょう……」

もっとも鼻息荒く聞いていたのはやはりというかマスターで、たしなめた遼一は耐えられないと黙りこんでしまったが、意外なことに、真剣な顔で問いかけてきたのは憲之だ。

「おまえ自身、初体験が初体験でびびってりゃ、うまくいくもんもいかないだろうが……もしかすると前彼の連中とは、本当に『身体があわない』状態だったんじゃないのか」

「あわない？」

俗に言うところの、好みとかって意味の相性がどうこうって話じゃなく、と前置きした憲之は、理科の授業をする先生のような口調と顔で言った。

「構造上の問題として。要するにボルトとナットや、オスピンに対するメスピンと同じで、形状や角度も、挿入するためには相手の形にあってなきゃ無理だ」

「じゃあ、愛があってもセックスできないこともあるの？」

「……愛、ねえ」

ぽつりと問いかける脩の言葉に苦笑した憲之は、もう少しなにか言いたそうな顔をした。だが、脩がじっと見つめていると、なんでもないとかぶりを振り、さきほどからの説明的な言葉を続ける。

「もともとそういう機能じゃない場所ならなおさらだろう。男女でも、極太のペニスと極狭のヴァギナじゃ流血必至だってことくらいはわかるだろ」

「あー、そっか……大は小を兼ねるっていうもんな」

「……逆だばか！」

脩のとぼけた理解のしかたに、そういう話じゃないと憲之は顔をしかめ、遼一はなんとも言えない顔で苦笑していた。

そして、マスターは、なにを考えているかわからない顔で、爆弾発言を落とした。

「ねえ憲ちゃん。このばかっ子には、実地で教えてあげたら？」

「は？」

「だからさあ。愛はないかもしれないけど、友情と努力とがんばりしだいじゃどうにかなるって、教えてあげれば？」

あらいやだ、これじゃ少年漫画のキャッチコピーみたいね。とぼけて笑うマスターに怒ったのは遼一だ。

「マスター、なに言い出すんですかっ。さっきのいまで、シャレになってない」

「あら、アタシはけっこうマジよ？」

脩はひたすらぽかん、きょとんとなっていて、なぜか、冗談じゃないと突っぱねるかと思った憲之は、黙っている。

「脩のつるつるぴかぴかの脳じゃあ、いくら言葉で言ったところでわかりゃしない。実地で教えるのがいちばん早いじゃないの」

しれっとひどいことを言い捨て、煙草をぷかりとふかしたマスターは、慈愛の滲む目で脩と憲之を見比べ、微笑んだ。

「それにこの子たち、たぶん相性いいのよ」

「根拠はなんですか、それって」

「この道三十年のオネエの勘」

そんなあてにならないものを、と遼一が頭を抱えていると、マスターは憲之に目を向け、なぜか揶揄するような、そのくせ真剣な目で言った。

「このおばかには、管理する人間が必要だと思うのよね。そこまで腹立ってほっとけないなら、憲ちゃんがしてやりゃいいのよ。そうでしょ？　理系男」

その言葉にしばしなにかを考えこんでいた憲之が、携帯を取り出した。すごい勢いでなにかを入力し、おそらくメールを送信したのだろうと思って、脩ははたと気づく。

（あ、そういえばいつも、この店のあと仕事に行くんだっけ）

今日は待ち合わせ相手が来ないなと思っていると、横目に眺めた男は立ちあがるなり、おもむろに脩の腕を取った。

「行くぞ」

「え、え、どこに？」

ぐいと引っぱられると、脩の軽い身体は簡単に持ちあがる。強引で、でも痛くない力に、脩はどうしてか顔が赤くなった。

「どこってまあ、適当なホテルか？」

「はあああ⁉」

憲之の顔は、あらためて見るときらいなタイプではない。ややきつさが勝ちすぎるが、どっちかといえばクールに整ったいい顔だと思う。

いつも睨んでばかりだと腹が立った切れ長の目で、じっと見られると弱腰になる。その隙《すき》につけこむように、憲之は妙に色っぽい顔でふっと笑った。

「なに、なんで、ホテルって、どうして」

「マスターの言うのにも一理ある。理論には実証が必要だ」

「なに、リロンとジッショーって、なにすんのっ」

妙な雲行きにあわてる脩がいくらじたばたしても、摑まれた腕はほどけなかった。力の強い男は怖いのに、憲之は怖いだけじゃないからあせっていると、高い背を屈《かが》めた憲之が、あの特徴のある低い声で、言った。

「とりあえず、形状と角度がどうなのかだけでも、見てやる。それがマスターの言うとおり、合うかどうかも確認してみりゃいいだろ」

「そ、そ、それ、え、えっちするってこと……」

なんかおかしいじゃないかと、脩はまわらない頭で必死に言葉を探した。遼一はどうにか止めようとしたらしいが、マスターに黙って成り行きを見ろと言われて口を挟めなかったのだと、あとになって聞いた。

「軽はずみなつきあいするなって、場当たりはよせって説教したの自分のくせに！」

「俺ならもう素性も性格も知ってるんだから、いいんじゃないか」

脩がやっとこ反論のとば口を見つければ、憲之はそんなことを言い放ち、無理強いはしないと約束した。

「安心しろ。無理ならその場で中断する。そんなわけで、場所探すぞ」

徹底的になにかが違っている気がする。こんな言語でホテル行きをほのめかされたのもはじめてだし、こんなに熱のない顔でやるぞと言われたのもはじめてだ。

むちゃくちゃだ、と思うのに、なんでかちょっとどきどきした。腕を摑む手のひらの大きさだとか、低いよくとおる声だとか、いままで憎たらしいとしか思えなかった憲之の全部を急に意識してしまう。

（でも、なんか、やっぱり）

違うんじゃないかとためらっていると、憲之があの、意地悪そうな笑顔を作った。

「なんだ。結局はびびってるのか」

挑発されているのだと、すぐにわかった。そして憲之の挑発に、脩が乗らなかったことは、いままで結局一度もない。

「……っ、わかったよ、行くよ、行きますよ、実験台にでもなんでもなってやる！」

「脩ちゃん！　そんな、勢いだけで……っ」

酔っぱらった勢いと失恋のやけくそも手伝い、宣言すると、遼一がよしなさいと言いかけたところを、マスターが手のひらで口をふさいで止めた。

「いってらっしゃーい。結果報告は後日よろしくねえ」

そんな無責任な、と目で訴える遼一に、脩はなんとか笑ってみせる。

「だいじょぶだよ遼ちゃん。いってきます」

「いってきますって、そんな、ちょっと、脩ちゃん⁉」

マスターの手をふりほどいた遼一に、無言でかぶりを振ってみせた。これ以上引き留められたら決心が鈍る。

（なんでも、ものは試しって言うし）

よしいくぞ、と拳を握った脩が歩き出すと、憲之はおかしそうに口元を歪めた。

「いいのか。どうすんだ、俺がドSで、これから暴力プレイの嵐だったら」

「あんたは、そんなことしないよ。そこだけは信じる」

揶揄の声に、目を見てきっぱり言い放つ。憲之の目が、ますます笑った。

「信じる、ねえ。その根拠は？」

「なんもない。あんたとはしたことないし、これから、それ知るためにするんだろ？」

それに、知ってた？　と脩は明るく笑ってみせる。

「信じるってねえ、根拠いらないんだよ。なんにもないから信じるんだよ。根拠があったら、それはただの過去の現実で、体験なんだって。だから信じるのは、根拠がないことなの」

「……おまえにしちゃ、頭使った感じの言いまわしだな」

「一応、高校までは進学校にいってたんですう。そのころの先輩に言われたの」

ふたりで並んで歩く道すがら、とても簡単に過去の話をした。これもカウンセリングの一環かなあと思えたので、脩も気楽に話した。

「告白されて、うそだ信じられないって言ったの。そしたら、さっきみたいに言われた」

俺の気持ちを信じてと訴えた初恋のひとが、脩にいまの言葉を教えてくれた。そして信じて――学校が共学になり、狭い世界のなかに異性が入ってきたとたん、脩にくれたなにもかもを、彼は嘘にしてしまった。

「……結局、女と保身を取ったってわけか？」

「頭いいひとだったからね。将来とか見えちゃったんじゃないのかな」

だから、考えることもなにもかもやめた。一緒に通おうねと約束していた内部大学の進学もやめて、レベルを下げた大学に逃げて——でもそこでも似たようなことを繰り返して、また逃げて、逃げて逃げて逃げて、いまに至る。

ちょっと泣けそうな昔の失恋話は、軽く口にすればどこまでも軽くなる。そうやってふわふわ軽くして、いつか雲みたいに消えてしまえばいいのだ。

脩がそう思って笑っているのに、憲之のほうが不愉快そうだった。

「将来が見えてる段階で、男の後輩に手をつける愚を犯してる。海綿体にしか血がいってねえな」

「あははー。憲之なら、最初から手をつけない？」

「きっちり綿密に人生設計立ててから手ぇつける」

らしい言葉だと脩は噴きだした。マスターの言うとおり憲之はまじめなんだろうなあと思う。「やっぱりイインチョだ」と笑ったら、本当に学生時代、生徒会長までしていたと教えられて、もっと笑った。

好きだった男とひどい別れ方をした夜に、こんなに笑えるなんて思わなかった。滲んだ涙は、さっきと違って塩辛くなかった。

「あんたはおれのこと、好きだなんて嘘ついてない。してやるって言っただけ。だから、してもらう。嘘つきはきらい。正直なひとは好きだよ」

「……ふうん」

だから信じるに値する。笑って脩が言うと、憲之は一瞬目を眇《すが》め、そして脩の赤らんだ鼻先を、ぎゅっとつまんだ。

＊　＊　＊

「で、ラブホテルですが」

「見りゃわかる。誰に言ってんだおまえは」

なんとなく、と脩は安っぽいバスローブを着て、ばかでかいベッドのうえで正座する。

歓楽街の近辺には、男同士で入れるホテルもけっこう点在していて、わりとアレなプレイも許容しているのだろう。各種必須のアイテムも、ちゃんと室内で販売されていた。

「とりあえず、問題はないな？」

「うん、だいじょうぶ」

部屋をとってからは、カウンセリングというより問診みたいな会話になった。シャワーを浴びるように言われ、準備を済ませた脩に、本来はカップルでもあんまり口に出したくないことまでも、しっかり憲之は問いかけた。

「じゃ、一応、基本のケアは全部知ってんだな？」

「うん。病院の先生に教えられたから」

止まり木で問題を起こし、マスターにがっつり叱られたおかげで怖くなり、脩は男とつきあったあと、必ず病院で検査を受けることにしていた。病院は、マスターが教えてくれたため、ゲイに関してもわかってくれる先生がいた。

そこで、脩のあまりに偏った知識と若さゆえの無謀に対してとっぷり説教をされ、定期的な検診と、ケアのマナーは教えられたのだ。

「いまとくに、病気……アッチのじゃなく、風邪とか腹具合が、とかはないな？」

「健康優良児でっす。おれ、それはわりと取り柄」

プレケアはOKか、体調もOKか、精神的には落ち着いているか、興奮しているかどうか。それこそ朝晩の食事や排泄《はいせつ》のサイクルにまで質問はいたり、そのひとつひとつに、だいじょうぶ、問題ない、と脩は答えた。

(こんな話、誰ともしなかったなあ)

考えたあと、ナンパされて流れでエッチする相手では、あり得るわけもないかと苦笑した。店でいろいろえげつない話をしまくったあとだけに脩もかなり開き直っていて、いささかデリカシーに欠けるストレートな憲之の質問にも、素直に答えた。

いままでの経験と比べると、ムードもへったくれもない変な状況ではあったが、ずいぶんリラックスした気分でいた。

あげくに、憲之は「保険だ」といって、自分の名刺を差し出した。

「仕事相手に渡すやつ。出向元のじゃなく、俺個人のだから、住所もある」

「へー……おれ、名刺とかはじめてもらった」

暢気《のんき》に脩が答えると、わかってないなと憲之はぼやいた。

「俺的には身分証明してるつもりだ。これでなんか、おまえが問題だと思ったら、その住所の相手に対して訴えでもなんでも起こせ」

思いがけない言葉に、脩はぽかんと間抜けに口を開けた。そしてややあって、噴きだしてしまう。

「なんだよ」

「いや、さあ。おれ、信じるって言ったのに、そこまで用意周到なんだなと思って」

なにより、これが憲之なりの誠実さなのだろうと思ったら、胸がほかほかした。そして生まれてはじめてもらった名刺は、大事に財布にしまっておくことにした。

あげく、いざこれから、という段になっての会話には、色気もなにもありはしない。

「じゃ、はじめるか」

「よっしゃ来い！」

気合いを入れて言うと、憲之はうんざりした顔になったが、ため息ひとつで皮肉を発することはなかった。脩はいっそわくわくした気分で目の前の男を眺めていたが、憲之はしばし沈黙したあと、ふっと苦笑した。

「とりあえず、目ぇつぶれ」

「……ん？　ウン」

拒む理由もないので、素直にそうした脩の肩が、ふわっと抱かれた。とてもナチュラルで、強引さのかけらもない、やさしい力を感じた。

（あれ）

いきなり脱げと言われるとか、押し倒されるとか、いままでの展開から考えても即物的な開始を予測していた脩は、次に唇に触れた甘い感触に驚いた。

「え？」

「えってなんだ。キスのときは目はつぶれって」

「え、あ、ウン」

びっくりして、ちょっとどきっとした。とは言えないまま、もう一度おとなしく言うとおりにする。重なったそれが、憲之のいままでの態度や言動からは予想もつかないくらいにやさしいキスで、顔の角度を変えてはついばんでくるやり方も、とても丁寧でじょうずだった。

（わ、あ、あ、あ）

キスは、長くて濃かった。憲之の熱い舌で、脩の、滑舌を悪くする要因である、薄いけれど少し長い舌の裏側を持ちあげるようにされ、ぐるりと回転するように舐《な》めまわされる。

「ん……っ、ん、ん」

毒舌家の憲之の薄い唇は、酷薄で冷ややかな印象があったのに、見た目を裏切る卑猥《ひわい》な動きと、とろけそうな感触に眩暈《めまい》がした。そして、すごく、感じた。

くらくらした身体から、力が抜けていく。気づくと広いベッドのうえでのしかかられ、貪られるだけ貪られるように激しいキスを受けとめるだけになっていた脩は、息苦しくなる一歩手前で唇を解放された。

「あう、はあ……」

ぞくぞくしながら身悶《みもだ》えていると、不意に憲之が笑った。なんだろう、とぼやけた意識で考えていると、ねっとり濡《ぬ》れた唇を長い指でつままれる。

「おまえさ」

「ん、ん？」

「キスすると、かわいい声出すのな」

目を細めた囁《ささや》きに、脩はどっと赤くなった。

――憲ちゃんの声ってやばいわよねえ。ベッドのなかでは威力倍増って気がするわ。

常々マスターが言っていたことを思い出す。そのときは鼻で笑っていた脩だったけれど、たしかにこれはやばいかもしれない。

耳元で吐息まじりに囁かれると、常には冷たい印象の強い重低音がずんっと腰に突き刺さる。声だけじゃなく、身体でも突き刺してやるから、そのさきをさっさとよこせと唆《そそのか》すような、すさまじい色が乗っている。

（え、うそ、なに）

気づいたら、キスの間にバスローブは遠くに押しやられ、素肌が重なっていた。早業だ、と目をまるくしていると、さっきから早鐘を打っている胸がさすられた。

「乳首感じるほう？」

「え、あ。ど、どうかな、わ、わかんない」

じつはけっこう感じるのだが、恥ずかしくて答えられない。息を切らしながらそう答えた脩の動揺とごまかしはお見通しだったらしく、ふうん、と片頬で笑った憲之は眼鏡を外した。

憲之の素顔は、眼鏡をかけているときよりも、ずっと野性味が強かった。理知的で都会っぽい男に見えていたのは、その視力矯正器具ひとつの印象だけで、じつのところ顔だちはもっと粗造りだが、そのぶんだけ意外なほどの甘さもまた、強い。

（こりゃ、モテるわ）

止まり木は基本ハッテン禁止だが、ナンパまではさほど目くじらを立てはしない。品のいい客も多いし、その後のことは大人同士の話だからとマスターは言う。

バーカウンターにいて、涼しい顔で酒を飲む彼に、秋波を投げてくる手合いは多かった。

けれど、脩が誤解したように、毎度のように待ち合わせ相手が来るため「なんだ」とあきらめられていただけで――。

（ん？　待てよ）

なりゆきでホテルまで来てしまったが、今晩の仕事はだいじょうぶだったんだろうか。いまさら気になってそわそわしだすと、胸をいじっていた憲之が怪訝な顔をする。

「おい？　なんだ、なにかあるのか」

声をかけられ、きっかけができた脩は跳ね起きるなり、一気にまくし立てた。

「あのねっ。あんた今日、仕事よかったの？」

「……は？」

「ごめん、おれ気づいてなくて。もしかしてなんか邪魔してない？　あの店にいるとき、いつも待ち合わせのひと来るじゃん、あれ会社のひとじゃないの⁉」

そのあせった顔に憲之はぽかんとなっていたが、ややあって意味を摑み取ると、深々とため息をつく。

「今日はとくに、待ち合わせてもない。店出る前に、用事ができたからパスって書いた」

「え、でも、そんな適当でいいの？」

フリーとはいえ、いつもスーツを着ているひとは、会社員みたいにきっちりどこかに出勤しないといけないのではないのか。脩は不思議になって首をかしげる。

「問題がありゃメールが入る。あの店で飲んでたのは、行きたくねえからだ」

「行きたくないって、なんでまた……」

そういえば、仕事前に酒を飲むというのもどうなのか。案外まじめらしい憲之にしては妙だと、脩が眉根を寄せていると、憲之は億劫そうに言った。

「もともと俺は、契約した部分だけやりゃいいはずなんだよ。ネットもあるし、顔を出す必要もない。ただその場にいりゃ、別件でもなんでも雪崩《なだれ》みたいに頼めるからって、呼び出されるんだ」

「ほえ、そうなのか」

「だから行きたくないんで、近場の止まり木でギリギリまで毎度、時間潰してた。今夜はあっちが来るだろう時間にも呼び出しがかからなかったから、問題なしと見て『帰る』のメールはすでに送った。これで理解できたか？」

こく、とうなずいてみせると、「だいたいいまさら言い出すか……」と文句を言って、憲之はもう一度押し倒してくる。

「考えごとするってことはまだ余裕だな。とりあえず、あんまりちんたらしてらんねえから、とっとと行くぞ」

「ひわっ!?」

いままで甘ったるく触れてくれていたのに、いきなり腿《もも》を持って脚を開かされた。憲之の強い腕の前では脩の細い脚など簡単に扱えるらしく、唐突なご開帳にはあわてたけれど、それ以上にさっさと股間に屈みこまれ、口にくわえようとするのにはもっとあせった。

「あ、あ、だ、だめだよっ」

「あ？　なんでだ」

「す、するなら、コンドーム。つけないと」

とっさに頭を押し戻し、あわあわしながら脩が枕元を探ると、憲之は「ん？」と首をかしげた。そして脩がなにを言いたいのかに気づくと、まじまじと顔を覗きこんでくる。

「俺は、平気だけど。おまえ、さっき病気ないつっただろ」

「いや、えと、ない、と思うけど」

ひとつだけ懸念があるとすれば、つい先日までパートナーがいたことだ。相手にまでそれを強要することはできないし、どこぞで拾ってこないとも限らない。

「タカシは奥さんいたし、たぶん、だいじょぶだと思うけど、でも、わかんないから」

各種の病気には、潜伏期間、というものがある。万が一のことを考え、スキンの着用は医師に勧められていたけれど、タカシはコンドームごしのフェラチオをあんまり好まなかったから、数回に一回はやっていた。おまけに脩が検査を促すと、俺を疑うのかと怒って拒んだ。

「聞けば聞くほどろくなもんじゃないんじゃないか？　おまえの男」

「……かも？」

説明すると、憲之は深々とため息をついた。

「まあいい、わかった。とりあえず、お互いのためにゴム使用でいこう」

うなずいてみせながら、脩はちょっとだけ感激していた。

(憲之、おれの言ったこと、信用してくれてたんだ)

事前問診の真似事をしたとはいえ、顔見知り程度の脩が病気がないと言ったところで、心底からそれを信じることはむずかしいと自分でも思う。いままでの経緯も全部知っている憲之ならなおのことと思うのに、彼は脩の身体に触れることをいっさいためらわなかった。

いままで経験したことのない、不思議な信頼が、目の前の男に芽生えるのがわかった。力が抜けて、のしかかってきた憲之を自然に受けとめる。覆い被《かぶ》さってくる大きな男の影を、こんなに怖くないままに見あげるのははじめてだった。

(預けられる、かもしれない)

信じて、もう一度、キスをした。今度はよけいな言葉も、余分な緊張もなく、そのまま感じた。胸をいじられていただけで勃《た》ったそれにくわわる愛撫《あいぶ》もやさしくて、脩がぎこちなく身体を強《こわ》ばらせると、必ず憲之は確認してくれた。

「これは、痛い？」

「ん、まだ、平気……あ、そこ、いたい」

「わかった」

ある意味では、お互いに対してのテンションが低いのも幸いしたのかもしれない。憲之も脩も、止まり木で延々語らったセックスカウンセリングの実践をするような気分でいたせいで、前戯とか愛撫というよりも、なにかの実験をしているかのようだった。

いざ問題となったのは、止まり木でもさんざんぶっちゃけた、脩のアナルに愛撫がたどりついてからだった。

「たしかに狭いっちゃ狭いが……」

探るように指を動かしていた憲之のソレは、ちらっと見たらすごいことになっていた。わりとご立派かもしれない、などと、むやみにどきどきしたり、少し怖かったりしながらも脩が耐えていると、様子をじっと観察していた憲之が言った。

「わかった。おまえ、なんにつけ入れるとき、無理にここの力抜こうとしてるだろ」

「え……う、うん」

たいてい、挿入時にはゆるめろと言われるから、がんばっておなかの力を抜いていた。だが、それがまずいのだと、奥まった場所を指で撫でる憲之は言った。

「ちょっと、ケツ、力んでみろ」

「え？　力めって……ええ!?」

あくまで淡々とした憲之に、脩は面食らった。いままでしたときと真逆のことを言われ一瞬混乱したけれど「早く」と急《せ》かされる。

「だから、出すときみたいにだよ。やれ」

「や、やれって言われてもっ」

とんでもない事態になったらどうすればいいのだ。真っ青になりながら全身を震わせていると、気持ちをなだめるように憲之が下腹部を撫でてくれる。

「万が一、汚れても、俺は気にしない。それに、さっき、ちゃんと洗ったからびびらなくていい。だいじょうぶだから、信じて、言うとおりにしろ」

耳元に響く甘いようなささやき声に、胸が痺《しび》れた。彼は大抵、脩についてはは皮肉な物言いをすることも多く、低い声が、こんなにやさしい音を発するなんて知らなかった。

「ほら、脩」

「ん……んは、ん、んん」

「よし、開いた。そのまま、少し待ってろ」

ぬるりとしたものを纏《まと》う指が、押し当てられ、脩の身体がびくっと震えた。とたん、触れられた場所の筋肉は一気に収縮したけれども、そのおかげで指先は却《かえ》って内側へと引き入れられ、あっと思うより早く第二関節まで飲みこんだ。

「いまの動き、忘れんな。もう一回」

「うん……っ、あ、あう」

繰り返し、力んで、力を抜いて、とやっているうちに、そこが開くこつのようなものがわかってきた。憲之はいっさい焦らず、奥まで飲みこませた指でじっくり、かたくなな粘膜を拡げてくれたけれども、どうしても緊張する脩が顔をしかめているのに気づくなり、言った。

「脩、口開けろ」

「う、うう……？」

「歯ぁ食いしばらないで、ぽかって、いつもみたいにアホっぽく口開けろ」

「なんだそれ、アホっぽくって……ひ!?」

あそこを指で前後したり、ぐっと拡げたりということを繰り返していた憲之は、脩が反論したとたん、いきなり脚を抱えあげ、いきなり挿入してきた。

「ちょ、や、いいいい、いきなりっ」

「言ったら身がまえんだろうが。ほら入った、問題ない」

たしかにびっくりするくらい、スムーズに入ってきた。けれど、これは知らない、まるで経験がないと、脩は恐慌状態になる。

「う……動かないでよ、絶対、動かないでっ」

「まだ痛いか」

「じゃない、じゃないけど、なんか、へんなの」

「わかった。落ち着くまで待ってやる」

ゆったりと、憲之は身体をつないだまま、あちこちに指を滑らせている。そのうち、感じるところを集中的にじっくりいじられはじめ、脩は自分の身体の変な反応にうろたえた。

（ひええ、なにこれ）

脩にとって、セックスの最終段階というのは、いつもこじ開けるみたいにされて、痛くて切れそうで、怖くて怖くて、でもそれを顔に出したらしらけさせるから、嘘の顔をして「はやく」なんて急かして終わってもらうことだったのに――。

（うずうず、する）

憲之は約束を守って、まったく動かないでくれている。なのに、自分のほうこそが腰を揺すってしまいそうで、それが怖くて視線をさまよわせていた脩に、聡《さと》い男はやっぱり気づいてしまった。

「ああ、なんだ。いいのか」

「ひ、やっん！」

ゆさ、と試すように動かれて、声がひっくり返った。全身に電気が流れたみたいにびりっとして、脩の小さい身体が小刻みに震える。

「やだ、へんだよ、へんなの。これ、きらいっ」

「あ？　へんって、なにが？　どう？」

「なんか、なんか爪《つめ》とか、じんじん、するっ」

末端まで神経があることを、妙に意識させられる。身体中がちっとも自分の思うままに動かなくて、痺れのひどい指先を噛み、脩はその感覚をやりすごそうとした。けれど、「ふうん」と笑った憲之がますます身体を揺すってきて、びりびりした感じはどんどん強くなる。

「なるほどな、いままでの男の気持ちもちょっとわかった」

「え、え？」

なにがだよ、と涙目になって見あげたさき、汗をかいた憲之が、唇まで流れた水滴を舐め取る姿があった。妙にエロティックな光景に、どきっと脩が固まると、目を細めた彼が火照《ほて》った頬に唇を寄せてくる。

「おまえ、ただ痛いだけじゃなくて、こうなるのもいやだったんだろ」

「う、うん。なんか、あちこち、落ち着かない……」

挿入されると、妙に全身がざわざわした。痛みがひどいほうがマシだと思うこともあって、だからやめてくれと訴えるのに、なぜかいつも相手は聞いてくれなくて——拒んだら強引にされるから、結果として毎回、ひどく苦しい思いをした。

それを告げると、憲之はなにかを納得したとうなずいた。

「やっぱりな。気持ちいいって思えなかったんだな？　よくわかった」

「へ、なにそれ……え？　あ、えっ、いや、やっやっや！」

小声でつぶやくなり、憲之は「いったいなにをしてるんだ」と脩が本気で問いかけたくなるくらい、複雑な動きで粘膜をこすりあげた。目の前がちかちかして、どうしていいのかわからないまましがみついていると、息を切らしながらも憲之が笑う。

「感度よすぎるんだ、たぶん。たまたまサドにあたったってばっかりだったってわけじゃない」

「いやぁ……やだ、そこ、押したらやだ」

「いいから、我慢しろ。で、こっちにつながってるって意識してみ」

こっち、と言いながら憲之は脩の性器を軽く握った。あう、と呻いて反射で腰が動くと、なかにいる男のそれを強く感じてしまう。

「いや、やだ、……やあだ、こわいっ」

ぞくぞくするくらい怖いのに、どうしてしつこくするんだろう。みんないつもそうだ。こういうときの男は、海綿体に血液が行くせいか、思考能力なんかなくなってしまう。

脩が怖がっているのに、鼻息を荒くして、もっと怖がれとばかりに腰を打ちこんできて、泣きわめくまでやめてくれない。なんだか自分が、ただの穴になったみたいで惨めなのに、エロいとかそそるとか、わけわからないことを言って蹂躙《じゅうりん》された。

(結局、憲之も、いっしょなんだ)

ぎゅっと目をつぶって、脩は身を硬くする。やっぱりお試しなんかするんじゃなかったと思ってべそをかいていると、ぺちぺちと頬を叩かれた。

「おい、泣くな。目ぇ開けて、こっち見ろ」

「やだ、うー……うひぇ!?」

強情にかぶりを振っていると、いきなり頬をむにっと引っぱられた。

「泣くなって。ひとがせっかく開発してやってんだから、少しは協力的に感じろ」

「いひゃい、やら、ひはふあいっ」

「したくないじゃねえよ、少し落ち着け。ゆっくりにしてやるから。……ていうかおまえ、どこもかしこもぎゅうひみたいだな」

「いやだ、ほっぺ捏ねるなっ」

挿入したままだというのに、憲之は脩のほっぺたをつまんで捏ねまわし、もがもがとあがく脩を「変な顔」と言って笑った。いつも冷笑を浮かべているかのような憲之の、まるで悪戯《いた》っ子《ずら》のような屈託のない笑みに一瞬見惚《みと》れ、脩は抵抗をやめてしまう。

(わ、笑うと、ちょっとかわいいんだ)

憲之が強面に見えていたのは、身長と表情と声のせいだったのだなと気づいた脩の頬から長い指が離れた。好き放題こねこねされたそこを両手でさすっていると、憲之が今度は鼻をつまんでくる。「ふがっ」と間抜けな声をあげた脩にデコピンをひとつくれて、彼は言った。

「あのな。今日はとことん、おまえにあわせてやるし、そもそも俺はヤリ目的じゃないんだから、びびるな。だいたい、これで中断したら、なんのためにホテルに入ったんだかわかんねえだろ、俺も、おまえも」

「……ウン。わかった」

こくん、とうなずくと、わかったならいいと憲之はそっけない。

（てゆか、勃ってんのに、冷静だなあ。おなかのなか、びくびくゆってるのになあ）

妙に感心してしまったら、本当に力が抜けた。ふう、と息をついたところで、仕切り直しのつもりなのか、唇がやわらかいもので覆われる。

（チューは、好きかも）

いままでしたなかで、いちばんエッチでやさしい気がする。上下の唇を交互に嚙み、脩が感じるところをそろりと探してくる舌は、乱暴な物言いの多い憲之のものとも思えない。

けれど、考えてみれば彼の言葉に、理不尽なことなどなにもなかった。厳しいし意地悪いし、もう少し言葉を選べとは思うが、そもそも脩が悪いことが多いうえに、言いすぎたときはちゃんと謝ってくれる。

（それに、そうだよな。おれのこと、すごく欲しいわけじゃ、ないから）

余裕もあるし冷静なのは、少しプライドが傷つく気もした。けれど脩にしてみても、憲之に思い入れがあるわけじゃない。でも、ボランティアのカウンセリングを憲之が引き受けてくれる程度には、そしてそれに任せようと思うくらいには、お互いに——友情、の、ようなものがあるのだろうと、肌で感じた。

「俺が押してんのは、ここの裏側。いちばん、敏感で、イイとこだ。そっとする、怖くない」

「あっ……ウン、あ、ああ、あふ……」

「ちゃんと気持ちよくなれる、そういう身体だから、安心しててい」

囁かれ、揺さぶられるたびに、ウン、ウン、と鼻にかかった声で脩はこたえ、広い肩にしがみついた。べたべたするなと言われるかなと思ったけれども、憲之は思いがけない丁寧な手つきで抱き返してくれる。

「一回でも覚えれば、次からは身体がちゃんと、勝手によくなる。気持ちいいって認識すりゃいいだけだ」

「ウン……」

「あとは、丁寧に大事に抱いてもらえばいいだけだ。相手にも、ちゃんと言え」

こくん、こくん、とただうなずくだけだった脩は、その言葉にはっとなる。思わず憲之の顔を見つめると「なんだ？」と目顔で問われた。

「えと、憲之はもう、抱いてくんないのかなって……」

「え？」

言ったほうも言われたほうも、きょとんとしてしまった。理由はわからないまま、ものすごく甘ったれた声を発した自覚がある脩は、あせって言い訳をはじめる。

「だ、だ、だって、いちいちそういうの、言ったりとかやっぱ、できないしっ。こういうとき、みんなキレてるから、憲之みたく丁寧にしてくれるとか、わかんないし！」

「あー……まあ、そりゃ、そうだな」

脩はなんだか、妙にどぎまぎしていた。それは憲之も同じようで、いつもに比べて言葉もはっきりしないし、なんとなく困った顔をしている。

「……まあ、あとのことは、あとで考えないか？」

「う、ウン」

こく、とうなずいて顔を広い胸に埋めるのは、赤くなったのが恥ずかしいからだ。変な汗が出てる気がすると、どきどきしながらしがみついた脩の頭上で、憲之がふっと小さく笑う。

「さっきから思ってたけど、おまえの『ウン』って言いかた、かわいいな」

なにげなく漏らしたような言葉が、いきなり甘みが強くて胸が震える。脩はこの瞬間、肌を重ねる意味がさっきまでとまるで違ったことに気づき、おずおずと上目に見つめたさきの憲之もまた、違うひとのように見えた。

「ん……」

サービスでも、前戯でもないキスが落とされる。やさしく吸って、そっと離す、その繰り返しにあわせて、身体がゆらゆら、揺らされた。あちこちを撫でさすられ、ちゃんと性器も愛撫される。ときどき、身体がびくっと跳ねて、逃げたくないのに身体が逃げると、予想外に強い手に引き戻される。

「ほら、びびんないで感じろ」

「びび、てな、……あっあっ、あっ！」

上体を倒した憲之の右手に腰を抱えあげられ、左手では肩を押さえこまれ、強く押しこまれた。少し強引に、大きな身体が覆い被さるようにしてきたとたん、『それ』は来た。

「やだ、いく……」

「え？」

「だめ、だめ、ごめん、いくっ……いく！」

あ、と叫んで、全身が不規則に震えた。粘液が狭い場所を走り抜ける、あの独特の快感が通りすぎたと気づいたときには、もう憲之の引き締まった腹は脩のそれで汚れていた。

「あ……っは、ご、ごめ……」

なにが刺激になったのかは、脩自身よくわかっていなかった。ただ、すっぽりくるまれるみたいに自分の身体が押しつぶされた瞬間、なんとも言えない感覚が全身に広がって――気づけば、射精してしまっていた。呆然としてもう一度謝ると、憲之は少し驚いたような顔をして、汗みずくの頬に触れてくる。

「イイのはよくわかったけど、なんで、ごめん？」

「え、だって、さきにいっちゃうのって悪くない？」

がっかりされたことあるよ、と涙の滲んだ目をした脩が言うと、憲之は今度こそ呆れた顔になった。

「どこのエロマンガの世界だよ、それ……。馴染んだ相手とあわせるならともかく、一緒にいくなんて、かなりの高等技術だぞ」

「え、そうなのか。おれ、はやいのかなって思ってた」

まだ少し息を切らしながら脩が言うと、「おまえって……」と憲之がため息をつく。

「いや、まあ、いい。それより、どうする」

「え？　どうするって？」

「いったし、感じられたし、きついだろ。やめるなら、やめてもいいぞ」

提案に、脩はかなり驚いた。たしかに射精後の身体はすごく疲れてもいるし、一度去った快感の波は、取り戻すのに少しかかりそうだと思う。

「で、でも、憲之まだ、勃ってるよ？」

「たしかに、誰かさんがぎゅうぎゅうにするせいで、萎《な》える暇はないけどな」

にやっと笑われて、むっと口を尖らせた脩は裸の肩を平手で叩く。けれど憲之は怒ることはなく「どっちでもいいんだ」と言った。

「どっちでもいいって、それ、きつくないの？」

「まあ、やらせてもらえりゃ、助かるけどな。しんどそうな相手に、無理させてまでつきあわせる趣味はねえから」

あっさり言っているけれど、それってけっこうすごいことじゃないんだろうか。脩は、辛抱強くこの身体を開き、はじめて挿入だけでいかせることのできた、恋人でもなんでもない男をまじまじと見た。

「なんだよ？」

「前から思ってたけど、あんた、へんなひとだね」

「言われたことないな。おまえのほうがよっぽど変わってる」

てっきり、やりたいだけの言い訳だと思っていたのに、憲之は本当にボランティアで『試してみてやる』と言ったのだと、いまわかった。情の絡まない相手だったら、そう気まずくもならないだろうし、ここまでの恥を知ったのだから、相手は俺でいいだろうと、そんな適当な言いかたで、こんなホテルまでつきあってくれて。

（おれ、安心してた）

ときどき意地悪は言ったけれど、やさしかった。痛いことはいっこもなかった。じたばたする脩を辛抱強くなだめすかし、やっと入れたのに、自分の快楽はあとまわしで、ずっと気を遣ってくれた。面倒見がいいにも、ほどがある。

「……憲之、やさしいね」

「それも言われたことないな」

いやそうな顔をするのは、照れ隠しかなと思った。ほめことばをまっすぐ受けとらないのもこの男らしいなあと思い、そういえば、と脩は思った。

（けんかばっか、してたけど。おれは、このひとを、知ってる）

一目惚れに近い感じで入れあげ、相手のことなどろくに知らないまま、ルックスや甘い雰囲気だけでその気にさせられて、あとになって、性格や環境を知って気まずくなり、別れることも多かった、いままでの恋。

逃がしたくないからすぐセックスをしたけれど、それでは、だめだったのだ。いくら恋している、信じていると思っていても、本能が、脆《もろ》い身体が、相手をまだよく知らないでいる自分をごまかしきれていなかった。

痛さも、怖さも、いつ与えられるのかと怯えてばかりで、だから——いつだって、うまくいかなかったのだろう。

「なんだ。どうかしたか？」

黙りこみ、ぼうっとした目で憲之を見ていた脩は、怪訝そうな声をかけられて少しあせる。そして、言葉を探したあげく、ストレートに自分らしく、言うことにした。

「んとね。やじゃないなら、して」

「……平気か？」

「ウン。へっき」

うなずいて言ったあと、憲之は苦笑してキスをしてくれた。てっきり、したいのかよとか、スケベとか、そういう言葉が来ると思っていたので、この甘さにはかなり、まいった。

「んん……あっ！」

キスをしたまま、円を描くように腰をまわされた。射精後のそれは、いつもなら苦しいだけの時間でしかないのに、ぜんぜん平気だった。いや、少し苦しかったし、痛みもちょっとはあったけれども、甘い痺れのなかに紛れたスパイス程度でしかなかった。

それからの情交は、長かった。憲之が射精するころには、卑猥に揺すられ、抉《えぐ》られ続けた脩のほうがその気になってしまって、ゴムを取り替えるなりもう一回。

「あ、あ、変になる……も、いや、へん、へんっ」

「待てって、もうちょい。……ほら、もう、いっていいから」

おまけに、どこのエロマンガだと憲之は言ったくせに、「せっかくなら試すか」と宣言したあげく、脩にあわせていくまではと、ねっとりしっかり、いたしてくれた。我慢もさせられたし、長すぎ、ひどい、と途中で思ったけれども、努力の甲斐あってタイミングをあわせることができたときには、いままでに知らなかった解放感があった。

結果から言えば、知りあって一年目の飲み仲間とのセックスは『めちゃくちゃに相性がいい』という実証になった。それは憲之も同感だったらしく、「久々に燃えた」などと言ってのけた。

「感想、どうよ」

事後にそんなことを訊いてくるあたりは、ドライな憲之らしいとおかしかった。けれど、変に気をまわしたりせず、あっけらかんとしている姿に、気が楽になったのも事実だ。

「やさしいから、びっくりした」

えへへと照れ笑いをしたものの、揶揄ではなく本心だった。

いつも意地悪だったり、冷たすぎるほど冷静な意見を言ってのける憲之だけに、乱暴で身勝手なセックスをするかと思いきや、愛撫は細やかだし、ちゃんとこちらを気遣ってくれた。六歳の年齢差もあるのだろうか、余裕もあって、おかげで脩は、はじめてセックスでちゃんといくことができた。

それだけでも感謝しているのに、思いがけないことを言われて脩はさらに驚く。

「おまえも、意外にかわいいよな」

「え……」

思わず顔を見ると、強い視線が脩をみつめていた。眼鏡を外した憲之の顔こそ、予想外に色っぽく、男くさかった。

「そ、そっちこそ感想、どうなんだよ」

どぎまぎして、わざと口を尖らせてみると、憲之は「うーん」と唸った。

「ほんとに、おまえのいままでのセックスライフに関しては、さすがにちょっと哀れになってくるくらいだ」

相手の気持ちもわからないじゃないが、怯えさせてどうする。つぶやきのようなその言葉の意味は、やはり脩にはよくわからない。

「なんかさっきも言ってたけど、それどういう意味？」

「……俺的には、予想外に色っぽくてよかったってこと」

まじめな顔で言われて、かっと頬が熱くなった。エロいじゃなくて、色っぽいと言われたのははじめてだ。

（わあ。なんかどきどきした）

胸を押さえていたら、憲之が肘をついて身体を起こし、サイドテーブルに放っておいた煙草を手に取る。長い指に挟んで火をつける仕種《しぐさ》が、それこそ色っぽいなあと思っていたら、煙のついでのように、ふっと言葉が吐き出された。

「なあ、思ったんだけど、つきあうか？」

「え？」

目をあわせることもないままの、あまりにさらっとしたそれに、脩は意味を摑みあぐねた。

寝転がったまま目をしばたたかせていると、憲之が汗に湿った髪をかきあげる。

「もう抱いてくんないのかって、さっき言っただろ。ほかの相手じゃ、こんな丁寧にしてくんねえだろうしって」

「えと、あ、うん」

言ったし、その気持ちはいまも同じだ。むしろ、これだけいいと、誰とつきあっても比べてしまうかもしれない。そう言うと、憲之はくわえ煙草のまま喉奥で笑った。

「あのな、おまえ、まずは俺とでいいから、ちゃんとつきあえ。ふつうの交際だ。なし崩しで寝て、そのまま泊まった相手の家に居着いて、流されて同棲ってパターンはもう、やめろ」

「……うん、それは、もう、やめる」

まじめな声だったので、脩もまじめにうなずいたら、髪をいじっていた手が、ぐしゃぐしゃっとそれをかき回す。

「ガキのころから爛《ただ》れた生活してっから、いろいろ常識がおかしくなってんだ。高校生からやりなおせ。俺がたたき台になってやるから」

「えと、でも。そこまでつきあわせたら、悪くない？」

「いや。目の前でアホな修羅場報告聞いてイライラするより、百倍ましだ」

こうなったらいちから躾《しつ》けてやるとにんまり笑う憲之に、なんだか怖いなと思ったものの、肩を抱きこまれ、煙草のにおいが残るキスに、抵抗感はなくなっていく。

「ちゃんと、初々しいとこからはじめてやる。ガキレベルのオツキアイを、ちゃんとこなしてステップあげてけ」

「……って言いながら、なにしてんの？」

「しばらくおまえレベルにあわせるから、今日だけやらしとけ。……ちゃんと、丁寧にしてやるから」

やらしく乳首がつままれた。まだ敏感なそこを指で転がされつつ、脩はぼんやり考える。

すごく好き、とかそういう感じじゃまったくない。ホテルに入る前よりも、好感度はあがったけれども、いままでの相手みたいにむやみにときめいたり、離れたくないなんてことも思わない。

(こういうのも、なし崩しじゃないのかなあ)

そう思うものの、流れで重ねた唇も、もう一度と組み敷かれることも、全部が気持ちよくて、甘くて――これなら流されてもいいかと、目をつぶった。

＊　＊　＊

冗談のようなはじまりから、二ヶ月が経《た》った。

季節は移ろい、街ゆくひとの装いも変わりはじめるころ、脩《しゅう》と憲之《のりゆき》の関係も、お互いに馴染んだものになってきていた。

「おいしかったー、焼肉！　カルビとろっとろだったし、タレもすっぱくておいしかった」

こんな高級焼肉など食べたことがないと、有名店の前で脩はご機嫌だった。

憲之の仕事のクライアントが近辺に会社をかまえているとかで、脩が呼び出されたのは新橋。ビジネス街というイメージの強いこの街は、若い脩にはあまり馴染みのない場所だったが、ガード下の一杯飲み屋から、高級店までが混在する雑多な街は、夜になってもエネルギッシュな印象が強い。

すでにできあがって赤ら顔のサラリーマンたちに混じって歩きながら、しきりにさきほどの美味を反芻《はんすう》していると、憲之がなかば呆《あき》れつつ笑う。

「そりゃよかった。しかしおまえ、細いのによく食うよな」

「へへ、今日もごちそうになりましたっ」

太っ腹にも、すべての勘定を持ってくれた憲之とは、毎週のように会っている。

正式につきあうことになったと告げると、マスターも遼一《りょういち》も目をまるくしたものの、とりあえず祝福してくれた。

最初の恋をした高校生のころも、男子校の風潮に乗せられていたとはいえ、オープンな関係ではなかった。その後もナンパやゆきずりに近かったり、タカシのようにお互いの存在をお互い以外知らないような、狭いつきあいかたしか脩はしたことがなかった。

（彼氏できて、よかったねって言われたのなんか、はじめてだ）

それがなんだかこそばゆいし、不思議な気がする。

不思議と言えば、もうひとつ。

──ちゃんと、初々しいとこからはじめてやる。ガキレベルのオツキアイを、ちゃんとこなしてステップあげてけ。

そんなことを宣言してくれた憲之だが、いざ『ふつうの交際』とやらをはじめてみたら、予想以上にマメだった。

多忙な仕事の合間を縫って、憲之はちゃんと電話をくれた。そういうのを面倒だと思うタイプだと思いこんでいたので少し意外で、でも嬉しかった。時間が空いたら食事にも連れだしてくれて、まともなデートなどしたことのなかった脩はかなりびっくりしている。

「だいぶ時間も遅くなったな。明日、だいじょうぶか?」

「え、うん。それは平気だけど……ここからなら新宿近いし、明日は遅番だから」

いまの脩の住処《すみか》は、止まり木の近くにあるアパートの一室だ。そこから渋谷のライブハウスへと出勤しているので、移動も楽だし問題はない。

「ね、心配?」

「おまえのことじゃなく、明日、へべれけの社員のせいで業務に差し障る勤め先がな」

わざとらしくかわいこぶって問いかけたら、大変憲之らしい返事があった。ぶうっとふくれてみせながらも、脩も本気で怒っているわけではない。

（いちばん違うのって、これだよなあ）

連絡はマメにくれるわりに、憲之の態度は色気も素っ気もない。一応デートといえるのだろうけれども、テンションは相変わらずのままだし、話の中身は脩の仕事や生活のことについての、近況報告ばかり。それも、きちんとやっているか、働けているかのお小言がメインだ。

（なんか、本当に、生活指導の先生と生徒みたい、おれたち）

いままで彼氏ができたとなれば、最初はとにかくべったりいちゃいちゃ、という感じだった脩には妙に新鮮でもある。

おまけに憲之とつきあいはじめても、脩はいままでのように、すぐに家に転がり込ませてはもらえなかった。

——お互い、まだ深いところまで知らないだろ。のっけで生活を一緒にするなんて無茶だ。さっさとぶち壊しにしたいなら止めないがと、あの冷たい顔で言う憲之に、反論する言葉はない。だが実際問題、住む家がないのにどうすればいいのだと困っていたら、止まり木のマスターが暫定的に店の従業員控えになっている場所を提供してくれた。

——まずは間借りして、きちんと働いて金を貯め、自分の生活基盤を作れ。

精神的にも金銭的にも自立してから恋愛しろ、なんてはじめて言われた。仕事先も、止まり木ではマスターが甘やかしてしまうから、それはだめだと言ったのも憲之だ。

――視野を広げて、人間関係を作れ。むずかしいところだのカタイ仕事だのじゃ、おまえの性格上無理だから、楽しんで働けるところにしろ。ただし遊ぶな。

とはいえ大学中退の、つまり最終学歴が高卒の脩をいきなり正社員で雇ってくれるところなど滅多にない。とりあえずはいままでアルバイトしていた店でまじめに勤めていたら、ちょうど欠員が出て、正式に雇ってもらえることになったのは運がよかったと思う。

「まだ正社員になって二ヶ月だろ。即戦力にもなりゃしねえ新人の研修期間は雇い主の持ち出しみたいなもんだ。まじめに勤めるくらいしかできない時期は、遅刻なんか絶対するな」

「……うん。がんばろうとは、思ってるし、遅刻もしてないよ」

実際、憲之の言うとおりだとは脩も思う。

はじめは、ライブハウスの仕事なんて楽勝だと、脩は舐《な》めてかかっていた。音楽は好きだし、昔DJの男とつきあっていたので、ある程度なら音楽の知識もあるし、酒も作れる。アルバイトもしていたし、いままでとなにが違うんだ、なんてそんなふうに考えていた。

けれど『本当の仕事』に関して、ちょっと詳しい程度の素人では、なんの役にも立たないことを知るのはすぐだった。

接客だけすればいいアルバイト時代とはまず、仕事量が違った。小さい箱は人手が足りない。接客、荷運び、バンドのローテーション作り、簡単な事務。覚えることは山積みで、たまにはライブのローディーみたいな体力勝負の作業もある。じつのところ、体力の限界を覚えて帰るなり、布団にばったり、というのが毎晩だ。

「一日びっちり、まじめに働くのなんか、はじめてだろうが。相当バテてるだろ」

「え、なんで、知ってるの」

自分でもなにもできないことはわかっているから、憲之には愚痴は言わなかった。うんざりされたりするのもいやだし、自分自身、そんなことを言える立場にないことくらい、いくら脩でも知っている。驚いて見あげると、憲之は広い肩をすくめて言った。

「マスターがな。脩が毎晩死にそうな顔でふらふら帰ってくる、痩《や》せたみたいだからなんか食わせて栄養つけさせろってうるさいんだ」

「……だから、焼肉？」

「食えるくらいならまだ平気だろ。若いしな」

疲労がピークを越えると食べることすらできなくなるぞと、激務を涼しい顔でこなす男は言う。彼の業界はデスクワークが主とはいえ、寝られない帰れないの事態がしょっちゅうなのだということは、この二ヶ月で脩もよく理解していた。

「だから早く帰って、ちゃんと寝て、体力回復させろ」

自分を思いやっての帰宅を促す言葉とわかってはいたが、脩は戸惑った。立ち止まると、憲之は怪訝《けげん》そうに見る。「どうした」と言葉なく問われ、ためらいつつ脩は口を開いた。

「……えと、帰って、いいの？」

「あ？」

「今日も、ごはん食べさせてもらったのに、エッチしなくていいの？」

ここしばらく憲之とは、ただ会って、話して、食事をする。そのあと、憲之は必ず終電前に脩を家に帰そうとするのが毎度のパターンだ。そんな健全なデートなどしたこともなくて、どうしていいのかわからないと問えば、思いきり呆れた顔をされた。

「最初に言っただろ。これから三ヶ月、セックスはしないって」

「言われたけどさ……」

――いつまでもふらふらしてるな。目標も生活のハリもないから、男ばっかりにかまけて、頼ろうと思うんだ。まじめに働いたら三ヶ月なんか一瞬だ、ちゃんとやれよ。

いきなり寝てしまっていまさらの話だが、たしかに憲之はあのなりゆきではじまった夜、きっぱりとそう宣言していた。まさか本当に守るとは思っていなかったので、脩の困惑は深い。

「憲之、枯れてんの？　それとも、じつはオタクのひとで、特殊な趣味？」

言ったとたん、平手で頭を思いきり叩かれた。痛い！　と脩が叫ぶと、凍りつきそうな目で睥睨《へいげい》され、頭のうえからどかんとやられた。

「おまえの思考回路は読めた。ＳＥ＝パソコン好き＝オタク、になったんだろう、この単細胞。俺は仕事でパソは扱うが、マニアでもオタクでもないごくふつうのゲイだ。だいたいその短絡思考で、なんでもかんでも、ものごとをひとくくりにするのはやめろ。社会っていうのは、おまえが理解するよりもう少し複雑な構造になってるんだ。わかったか？」

理系はオタクだのモテないだのの偏見は非常に心外だと怖い顔をする憲之に、脩はこくこくうなずくしかない。

「……言ってることはよくわかんないけど、ばかにされてるのはわかりました」

「それがわかっただけでもマシだな」

ふん、と鼻息荒くえらそうに言った憲之は、少しだけ口調をあらためた。

「そもそも、色惚《いろぼ》けてる場合じゃねえだろ。いまの状況でセックスする体力あんのか」

「う……まあ、それは……」

意地悪く問われて、脩は言葉につまる。正直、微妙だと自分でも思ったし、さきほども、バテてるだろうと憲之に指摘されたばかりだ。けれど、感情がなんとなく納得していない。

「でもなんで、三ヶ月なの？　もう二ヶ月だし、大差はないじゃん」

提示された期限の基準がわからない。脩が首をかしげると、憲之はさらっと指摘する。

「おまえが最初に気にしたからだろ？　あの日、ホテル出たあと、ふたりでどこ行った」

「あ」

言われて思い出したのは、オツキアイ初日の顚末《てんまつ》だ。脩が行為中にコンドーム着用に関して気にしたため「そこまで気になるなら」と言った憲之に連れられ、ふたり揃《そろ》って検査におもむいた。その際、潜伏期間を考えて、念のため三ヶ月後にもう一度検査しに来るようにと伝えられていた。

「で、でもつければいいじゃん。おれ、べつに、かまわない……よ？」

おずおずと切りだした脩に、憲之は喜ぶどころか、眉間《みけん》に深い皺《しわ》を作って、じつに不愉快そうな顔をした。その顔があまりに怖くて、「ひ」と脩は顎《あご》を引いてしまう。

「俺を、セックスのことばっかり考えてるエロ小僧と一緒にすんな」

「だ、だっておれ、つきあってデートっていったら、いっつも、したし」

どこかに連れていってやると言われ、そのままホテルで朝までコース、もしくはホテル以前の場所でもそうだった。食事も遊びも、そこまでのお膳《ぜん》立《だ》てのようなものでしかなく、脩自身もその代償のように考えていた。

「悪いじゃん、おごってもらって、なんにもなしで」

脩が言うと、なんだか可哀想なものを見るような目で見られて、あれっと思った。

「おまえはホントに……」

「うわっ」

さきほどの機嫌の悪さとは、なんだか質が違うと思っていると、ため息をついた憲之の大きな手に、脩の髪がくしゃくしゃとかき混ぜられた。

憲之の強い手は乱暴に、脩の小さな頭を摑《つか》む。彼はあのあとから一度も、脩にそういう意味で触れたことがないけれど、こうしたぞんざいさを装うスキンシップはむしろ増えた。

「い、痛いよ憲之」

「このまわりの悪い小さい頭でもな、常識くらいはわかるだろうが。身売りじゃねえんだぞ。メシの代わりで抱かれてどうする」

「う……」

言われた言葉が、ざっくり胸に刺さった。そういう気分でしかセックスに応じてこなかった自分と、そこにつけこんだ男との両方を、憲之が責めているのはわかったからだ。

「若いころから色々すっ飛ばしてるから、そんな考えになるんだ。俺は、まともなオツキアイってやつ、経験させてやるって言っただろう」

「っそりゃ、そう、だけど」

でも本当にいいのかな、と脩は困惑気味に目を伏せた。

「おればっか、じゃん。いろいろ連れてってもらったり、ごはん食べさせてもらったり、憲之ちっとも、見返りないじゃん」

「つきあう相手に、見返りが必要ってのがおまえの常識か？」

憲之の声がひやっと冷たい。だから宿代飯代代わりのセックスなのかと睥睨され、脩はあわててかぶりを振った。

「ちが、けどっ！　エッチもしないのに、つきあってるって言っていいものなのかなって、おれ、ほんとにわかんないんだもん!」

これが、お互いとても好きあって、恋人同士になったのならわかる。けれどどう考えても憲之の立ち位置はボランティアとしか言いようがないし、だったらせめて快楽くらいは提供しないと悪いのではないか。

しどろもどろに告げると、憲之はまた、深々とため息をついた。

「まあ、たしかに人間関係は、すべからくギブ&テイクだと俺も思う。なんらかのメリットがなきゃ、ひとはひととつきあわない」

「う、うん」

合理主義の憲之らしいストレートな言いざまは、少し冷たく響いた。けれど続く言葉に、脩は目をまるくする。

「でもそれは即物的なもんばっかりじゃ、ねえだろ。ともだちだとか、そういう相手と話が合う、趣味が合う、そうじゃなくても気が合う。それで充実した時間をすごすのも立派なメリットなんじゃねえのか」

「え……」

「おまえ、遼一さんと仲がいいだろう。あのひとは、たとえばおまえの仕事に有益なひとか?　つきあっていれば、なにか具体的な儲《もう》けを生み出すツールにでもなるか?」

「う、ううん。そういうんじゃ、ない。ないけど」

まともな仕事にもついたので、遼一と昼間も会うようになった。フツーのともだちができたのは、家を出てからはじめてだと言うと、遼一は少しだけ哀《かな》しそうな目で見て、でもやさしくしてくれた。

「おれは、遼ちゃんといると、ほっとする……し、遼ちゃんも、おれのこと、楽しいって」

——俺もちょっとね、脩ちゃんと似たところがあるから。

タイプは違うけど気が合うし、楽しいよと言ってくれた。あまり自分のことを多くは語らない遼一だけれど、いまとても好きなひとがいて、でもむずかしいのだと悩みを打ち明けてくれたときには、信用されたみたいで嬉しかった。

「それが、おまえと遼一さんにとってのギブ&テイクなんじゃねえのか」

「そ、か。うん。そだね」

わかるとうなずき、しかし脩はやっぱり首をかしげた。

「でも、じゃあ、憲之がおれとつきあうメリットって、なに？」

「そっから離れねえのかよ、結局は」

憲之は苦笑する。ふだんなら「しつけえな」と舌打ちのひとつもされているところだろうが、この日はアルコールを少し多めにたしなんだせいか、憲之はずいぶん機嫌がよくて、脩の言葉にちゃんと答えをくれた。

「俺はおまえが遠慮なく大食いするのを見てるだけでも、わりと楽しい」

その目が思いがけずやさしそうに見えて、脩はどきっとした。

（え、どきってなに）

惚《ほ》れたはれたの関係じゃあるまいしとうろたえている脩を知らぬまま、憲之は相変わらずの淡々とした口調で言葉を続ける。

「おまえみたいなオモシロ生物は俺のまわりにいなかった。アホな話も笑えるし、おかげでいい息抜きになるから、充分時間を取る価値がある。会って話すのは、だからだ」

「オモシロ生物ってなんだそれ！　おれはお笑い専用のペットか！」

珍獣扱いかと湯気を噴いた脩の頭のうえ、乱暴だった手が、わめいたとたんやさしくなる。

「それにまあ、見た目もまともになったしな」

「う……そ、そう？」

憲之がいじる髪は、おとなしめのブラウンに染まっている。ころころと色味を変えていた金髪に近い派手な髪は、憲之とつきあいだしてすぐ、やめた。

いつも連れていってくれる店の品のいい雰囲気に、自分が不似合いで恥ずかしくなったからだ。中性的なパンキッシュファッションも、仕事のとき以外は少しあらため、おとなしくまじめに見えるようにした。態度や言葉遣いにも気をつけるようになったのは、一緒にいる男に恥をかかせたくないからだ。

「こういう恰好《かっこう》してりゃ、どこにでも連れてけるし。これキープしとけよ」

「……うん」

じつのところファッションにあまり頓着のない憲之だが、服装は世渡りの術《すべ》だと言うポリシーのもと、スーツはちゃんとしたものを選んでいるそうだ。フリーという立場上、だらしない恰好をしていても本来は許される。だが逆に、そのせいで舐められることも多い。

「見た目で判断するのか――なんて言ったところで、最初はそれしか材料がないんだ。好きな服を着るなとは言わないが、おまえ自身が安く見られないように、場にあわせればいい」

忠告に従った脩の努力はちゃんとわかってくれている。それを言葉にしてくれたのも、嬉しかったが、同時にいままでの相手は、脩が誰にどんなふうに見えようが、そのせいでどんな扱いをされようが、なにも言ってくれなかったのだと気づかされた。

「いままで、誰にも注意されたこととか、ねえのか？」

見透かしたような憲之の言葉に、脩は苦笑する。

「えと、金髪がエロくていいとか言われてたことはあるよ。でも、ちゃんとした店に連れってもらったことなんか、一度もなかった」

むろん、相手の男自体がそんなお高い場所に出入りできないパターンもあったが、タカシなんかはたぶん、『脩』と『まっとうな相手』を使い分けていたんだと想像がつく。

「……おれって、もしかして相当、都合よく遊ばれてた？」

「もうちょっと早く気づけよ、そういうのは」

憲之にそうたしなめられるのは、もう何度目だろう。彼とつきあいだして、いままで見過ごしてきたことがあまりにたくさんありすぎて、毎日目から鱗《うろこ》が落ちる気分だ。

「いいか、メシ程度で簡単にやらせんな。おまえがそれを平気だと思ってるなら、安く見られるだけだ。セックスジャンキーでもないのなら、悪循環を断ち切れ」

そういう話は、夜の世界ではまわるのが早いし、そのせいで寄ってくる相手も似たようなタイプばかりになる。

脩自身が、ゲイのつきあいなどそんなものだと思っていたから、軽んじられていたことに気づけなかった。少しだけそれは痛いけれど、いまは憲之が頭を撫《な》でてくれているからいいかなと、単純な脩は考える。

「わかってる。それにいま、おれ、憲之とつきあってるから、浮気はしない」

「ほんとか？」

「ほんとだよ。それだけはしない。だって嘘つかれたら、傷つくじゃん」

タカシのつけた疵《きず》でもっとも深かったのは、たぶん既婚者だということを隠されていたことだろう。本当の素性すら偽って、彼はなにがしたかったのかな、と考えることもある。

「荷物取りにいったらね、ごめん、言いすぎたって謝ってくれたし。そんなに悪いひとじゃないんだと思う」

「そりゃ、悪いやつじゃないだろうが、小心者だったのは事実だな」

正直なコメントは辛辣《しんらつ》で、でも憲之らしいと脩は笑った。ついでによりを戻さないかと言われたことも、そしてきっぱり断ったことも、憲之には全部、話した。

「世の中、根っからの悪人なんてそうはいない。ただ保身することに卑怯《ひきょう》なまでに必死になって、他人を思いやらないだけだ」

「……憲之はもう少し、言葉に思いやりをもたせればいいんじゃないのかなあ」

ただ意地悪な人間ではないと、もう知っている。だが彼のストレートすぎる言葉には刃《やいば》が潜んでいるかのように、誰かを傷つけることも多いと思う。

「文系の連中みたいに、言葉飾るような語彙《ごい》はねえんだよ」

「嫌味はいっぱい言うくせして……」

ぶつくさと言えば、きれいにスルーされた。都合の悪いことは聞こえなくなる便利な耳の持ち主は、ちらっと腕時計を眺めて時間を確認している。

「まだ、仕事あんの？　そっちこそ、身体《からだ》だいじょうぶなのかよ」

「おまえみたいに自堕落な十代送ってねえからな。体力保持も仕事の一環」

むかつくけれども、それは事実だ。ばかみたいに忙しいくせに、憲之は時間さえあればジムにいって泳いだり、走ったりしているらしい。

（そういや、いい身体してたっけ）

一度だけじかに触れ、眺めた裸は、長身に見合うきれいな筋肉がついていた。脩の細い身体を持ちあげたりひっくり返したりと自在に操る腕は逞《たくま》しく、腰の動きも力強くて、翌朝はかなりバテバテにされたことを思い出すと、顔が赤くなってしまう。

「なんだよ」

「なんでも、ないけど、あの」

話しながら歩いていたので、駅はもう目の前だ。憲之の向かうさきは通り向こうにあるビルで、あと数分歩いたら、さよならしないといけない。

（べつに、いいんだけど）

とくにすごく離れがたいというわけでもないのだけれど、デートの終わりになにもなしは、やっぱりなんだか納得いかない気がした。

「あの……ちゅ、チューとかも、だめ？」

口走ったのは、ごつい鉄骨が目立つ薄暗い高架下に差し掛かったあたりでだった。道路脇の歩道には、あまり人気《ひとけ》がない。路上生活者がふたりばかり、段ボールの上に転がっているだけだというロケーションに気づいて、脩はさらに赤くなった。

（なにこれ。おれ、超期待してるみたいじゃん。すっごい、してほしいみたいじゃん）

そんなラブラブな関係でもないくせに、どうして。混乱しながら立ちすくんでいると、憲之が暗がりのなかでもわかるくらい、意地悪に笑った。

「してほしいなら、もうちょっと色気のある言いかたしろ」

「べつに……！」

してほしいなんて言ってない、言い返そうとして、でもそれも却《かえ》ってみっともないかなと思う。立ちすくんだふたりの脇を、何台もの車が走り抜け、ヘッドライトで照らし出された憲之の顔は、意地悪いけれども——やっぱり、ふつうに考えてかっこいい。

（なんでかな）

脩が憲之とつきあうメリットと、憲之が脩とつきあうメリットを考えると、あきらかに不釣り合いな気がする。オモシロ生物として日々にお笑いを提供しているだけでは、やっぱりヘンなんじゃなかろうか。

「どうすんだ」

再度問われたが、こんなところでキスをせがんでいいものだろうか。暗がりだし、あんまり人気はないとはいえ、やっぱり無人というわけではない。おまけに問題は、それだけじゃない。

（ねえ。隠さなくて、いいの？）

憲之の出向先も、すぐ近くにある。仕事相手に見られる可能性もばりばりあるのに、脩みたいな毛色の違うお子様を連れて歩いて、まったく動じもしていない。

つくづく憲之は、いままでの相手と勝手が違いすぎて、よくわからない。

だから少しだけ、試したい気もした。本当に脩を、自分の相手として認めているのか。そしてこんな街中でキスをせがんで、応えるくらいの懐は、憲之にあるのか、ないのか。

「……キス、してよ」

本当は色っぽく、誘うように挑発するように言ってやりたかった。けれども、じっさい脩の口から出た声はといえば、電車の音がなくてもあっさり消えそうに細く、震えていた。ついでに、唇《くちびる》も震えていたのかもしれないけれど、覆い被《かぶ》さった影に飲まれてすぐ、わからなくなった。

「んー、んっ……」

突き放されたら意気地なしと揶揄《やゆ》してやろうと思っていたのに、なんのためらいもなく腰を抱かれ、唇が重なった。しかも触れて離れるだけかと思ったのに、舌を突っこまれてびっくりした。力をこめた舌先に脩の小さな薄いそれが舐められ、吸われ、強弱をつけてかじられる。脩はただ、翻弄《ほんろう》されるままになる。

(あ、やだ、やばい、感じる)

焼肉屋でもらったタブレットガムのおかげで、口腔《こうこう》はミントの味がした。

ねっとりしたキスの合間も、高架の上を、電車が走る。そのくせ、舌の触れあう、ちゅくちゅくとした音が聞こえるのは体内に反響するせいだろう。

「……えっち、したい、かも」

唾液《だえき》にとろけた唇をほどいた脩は、夢心地でつぶやく。本当に、このまま抱かれてもいい

かなあと、そう思うくらいに甘ったるいキスだった――のだが。

「ばか。しねえよ」

「なんでっ」

いまのはなんだったんだと言うくらいに憲之はそっけない声で脩の呟《つぶや》きを叩き落とす。

「なんでじゃねえの。一度決めたことは、ちゃんと履行するんだよ」

「うがっ」

長い指で額をつつかれ、色気のない声をあげてよろけた脩に、憲之は眼鏡《めがね》を押しあげながら宣言した。

「あと一ヶ月、キスはしてやる。でもほかはなし。したくても、してもらえない、って気分になっといてみろ」

揶揄する声に、脩はかっと赤くなった。まるでそれでは、自分が抱いてほしくてしかたないみたいじゃないかと思い、目をつりあげて抗議する。

「な、なにそれ。べつにおれ、えっちとか、好きじゃないしっ。ただ、悪いかなって――」

「だからだろ？」

なにが『だから』なんだろう。そう思った脩の耳をつまんで、憲之は皮肉な声を発した。

「焦《じ》らされて、我慢できなくなるまでやんなかったこととか、ねえだろ。むしろお義理でやってばっかで、回数だけはこなしてても、面倒でしょうがなかったんだろう？」

身持ちがゆるかった脩は、返す言葉もなく唇を噛《か》む。目を伏せると、べつに過去を揶揄しているんじゃないからと前置きして、憲之は自分で濡《ぬ》らした唇を、長い指でいじった。

「なんでも、我慢だとか努力だとかが前提にないとな、ありがたみってもんがないんだよ」

「……憲之とのエッチ、ありがたがれってこと？」

「アホ。そこまでうぬぼれてねえよ」

今度は平手で額を叩かれる。だからそうぽんぽん叩くなと涙目で睨《にら》んだ男は、おもしろそうに脩を見おろしていた。

「腹減らなきゃ、どんな高級料理だってうまくないだろうが。もうちょっとおまえは、じりじりしながら、こらえる気分を味わっておけ」

「なんのためにだよっ」

もう意味がわからない。脩はまださっきの余韻で、お腹《なか》の奥にくすぶっているような感じがするのに、あんなすごいキスをしたくせに、憲之は涼しい顔のままで、それがなおのこと悔しくてたまらない。

（おればっかり、あわてて、みっともないし）

あげく、えらそうな態度を崩さない男は、表情も変えずにこんなことまで言いきった。

「あと一ヶ月経ったら、生でしゃぶって生で突っこんでやるから」

「な……なま？」

「俺の本気のセックスはそのとき堪能《たんのう》しろ」

一瞬惚《ほう》けたのち、がーっと音がするほど脩の顔が赤くなる。まったく平静な顔のまま、なにかとてつもなく卑猥《ひわい》なことを口走った男に、くらくらと眩暈《めまい》がした。

「な、ほ、本気って、あのとき、したじゃ」

おまけにその内容ときたら、まったく聞き捨てならない。あれで充分知ったと訴えたけれども、やはり憲之は動じない。

「ゴムつきの尺なんかで、俺のテクがわかるわけねえだろ。とりあえずいまのうちに、しっかり飯食って、ローディー仕事で走り回って、足腰鍛えて体力つけておけ」

「た、体力？」

どんな自信だと茶化しもできなかったのは、眼鏡の奥で目を細めて笑った憲之が、ちろりと舌なめずりをするのがわかったからだ。

「……今度はあの程度でへばるなよ？」

「て、て、程度⁉　だだだってさんかいもしたじゃんっ」

にい、とあがった口角に、脩はちょっとだけ気が遠くなった。

(なんか、なんだっけこれ。なんかこんなようなの、童話とかにあったような——ああそうだ、注文の多い料理店？　違う、ヘンゼルとグレーテル？)

知らず知らず、自主的に、おいしくいただかれる用意をしていたということか。餌《え》づけもなにもかもそういうことなのだろうかと脩が頭を抱えていると、憲之はやっぱり涼しい顔だ。

「冗談だ、ばか」

「どこまで、どれが、冗談なのさ」

「自分で考えろっつの。俺はそこまで性豪じゃねえよ、そんな何度もやれっか」

おかしそうに笑った男に、からかわれたのだとやっと気づく。簡単に踊らされた自分が悔しく、そしてなにか言ってやろうにも、口はぱくぱく動くだけで、なにも気のきいた罵《のの》り文句が出てこない。あげく出てきた言葉といえば。

「あの、セーゴーってなに」

「――っはっはっはっは！　おまえ、はずさねえ！」

憲之は爆笑した。そしてひとしきりげらげら笑ったあげく、涙の滲《にじ》んだ目で腕時計を眺めタイムアウトを宣言した。

「時間だ、仕事に戻る。気をつけて帰れよ、腹出して寝るな、くだすぞ」

じゃあなと背を向けられ、脩は裏返ったまま大声をあげた。

「ふ……ふざけんな！　ばか！」

それでも憲之は振り返ることはなく、長い脚でさっさと歩いて仕事に行ってしまった。

「なんだよばか、ふざけんな、むかつくんだよっ」

肩すかしを喰《く》らわされ、地団駄を踏んで悪態をつくけれど、顔の火照《ほて》りはごまかしきれない。視線は、小さくなっていく広い背中から離れもしない。

「仕事、あるくせに。わざわざ出てきて……」

おごって、からかって、非常にひねくれまくっている言葉ではあるけれど、楽しかったと言い置いて、キスだけでバイバイ。

「ほんとにばかじゃん。なにが、『キスはしてやる』だよ」

拗《す》ねたふりでつぶやきながら、まいったなあと脩は思う。

あんな上から目線の男、絶対にいやだと思うのに、会うたび浮かれる気分は強くなっている。本当に、意地悪できらいだったのに、なりゆきのはじまりに、いまいちついていけない気分でいたはずなのに。

触れられた唇をそっと押さえるなんて、そんな乙女なことをする自分が寒い。

――したくても、してもらえない、って気分になっといてみろ。

「ちょっと、なっちゃったじゃん。ばか……」

やっぱり意地悪だと涙目になって、脩はとぼとぼ帰途についた。

なんとなく腹が立っているのに、次の約束はいつかなあ、なんて、期待している自分のことは、もはや認めざるを得なかった。

＊　　＊　　＊

憲之と脩が同居することになったのは、なんとも珍妙な交際スタートから、きっかり一年が経ってからのことだった。

ひさしぶりにふたり揃って顔を出した止まり木で、じつに唐突に彼は切りだした。

「ぼちぼち一年だな」

憲之が言うので、脩が「そうだねえ」とのんびり返した。言われてみれば、ひとりの男とつきあった最長記録で、なんか記念日っぽいことでもしてくれるのかと――憲之に限ってあり得ないとしか言いようがないのだが――思っていたら、突然の命令がくだった。

「じゃ、引っ越してこい。日付は来月の十七日、朝から予定空けといてやる」

とくに、予兆のようなものはなく、事前に打診などもなにもなかった。そもそも、そんなつもりがあるなんて、脩自身さっぱり期待もしていなかった。

たまに会って、デートして、食事のあとにときどきキスだけ。そんなかわいらしいつきあいをして時が経ち、無事検査もクリアした『三ヶ月目』の夜。

はじめてのときより、うんと気持ちのいいエッチをした。というか、憲之が不遜《ふそん》にも宣言してくれた、『お預けのあとの生のアレコレ』は、なんというか、とんでもなく――とんでもなかった。

以来、デートのあとのエッチがルーチンに組みこまれた。とはいえその内容についてはルーチンとはとても言えない濃さであったが、それはともかく。

このころには、だいぶ脩も憲之の唐突さというか、情緒のなさに慣れてきていた。だから多少驚きはしたものの、まあ、この男ならこれもありだろうかと思った。

「えーっと、憲之それ、決定事項？」

「決定事項」

「わかったー」

あっさりうなずき、了解した脩に、むしろ驚いていたのはその場にいたマスターだった。

「ちょっと憲ちゃん、アタシ聞いてないわよ」

「ああ、いま思いつきましたんで」

下宿の大家である止まり木のマスターは、そうじゃねえだろと内心ツッコミたかったらしいが、あまりに平然としている憲之には言葉がなかったらしい。

「えーと、ごめんねマスター。憲之ね、いまお仕事テンパってんの」

どういうこと、と目顔で問うマスターに、いま憲之が関わっているプロジェクトが大詰めで、ここしばらくは、あんまり寝てもいないらしいことを脩は説明した。

「たぶん、頭のなか、これでもとっちらかってるから。根回しできなくなってるんだと思う、急でごめんね？」

ぺこんと脩が頭をさげ、ますますマスターは驚き、目をまるくしていた。

「なんか別人みたいになったわねえ。アンタすっかり従順なキャラになっちゃって」

よもや、彼氏のフォローをあのばかっ子ができるようにまで成長したとは。感涙ものだとまで言われて、脩は肩をすくめた。

「従順がどうとかじゃなくって、ただの事実だよ。憲之、こういうとき、頭の隅っこでしか、もの考えられてないもん」

「それに気づいて慮《おもんぱか》れるようになってる事実がすごいっていうのよ！　それに脩、あれ以来仕事も遅刻してないし、遼ちゃんとの待ち合わせにも遅刻したことないし、今日、ウチに来るのにもやっぱり遅刻しなかったし」

指折り数えるようにして言いつのったマスターに、脩は情けなく眉《まゆ》をさげた。なぜ遅刻にばかりポイントを絞られているのだと突っこみたいが、以前の自分がそれくらい、いいかげんだったのも自覚している。

「……遅刻すると憲之がぶつもん」

反論の余地はなかったが、脩はむくれたひとことだけを発した。約束を守れないと遠慮もなく、憲之は頭を叩き尻をひっぱたいてくれて、なんでぶつんだと怒れば「その場で怒らないと理解できないだろう」としゃあしゃあ言われた。犬のしつけじゃあるまいしと言ったら、似たようなものだとこれも容赦なかった男は、当然顔色も変えずに言ってくれる。

「ひととしての基本をやりこなせと言っただけだろ。ドタキャンも許さないからな」

「だから、してないだろ！」

「そうだな、そこはえらい」

皮肉られるかと思いきや、あっさり褒められて脩はふくれた顔を引っこめるしかなくなった。この調子のアメとムチで、憲之にはそれこそみっちり『しつけられ』てしまっている。

「ひとことでおとなしくなって……ほんっとに凄腕《すごうで》の調教師になれるわよ、憲ちゃん」

「そんなディープなもんには興味ないですよ」

マスターの感心しきりといった言葉に、憲之はさすがに苦笑する。それを横目にぽつりと言ったのは、にぎやかなやりとりを眺めていた遼一だ。

「まあ、でも脩ちゃんが変わったなあ、ってのは俺も同意。別人みたいだよね」

「そお？」

遼一は、脩たちが店に来ていきなりの同棲《どうせい》宣言に、なかばあっけに取られ、口をはさめずにいたらしい。しげしげと脩を眺める彼の言葉に、脩は小首をかしげてみせる。

「おれ、ヘン？」

「ううん、かわいくなったなと思うけど」

「ほんと？」

じっさいこのころの脩は、髪型だけでなく、印象そのものが変わっていた。仕事が仕事なのでファッションはカジュアルだし、そこらのサラリーマンのようなお堅い印象こそないも

の の、一時期の軽薄丸出し、というような雰囲気は、拭《ぬぐ》い取ったようになくなっていた。

「髪の色もよく似合ってるし、前よりずっといいよ」

「よかった、ありがと」

品よくきれいな遼一に褒められるのは素直に嬉しい。にここと笑った脩に、彼はふっと優美な眉を寄せた。

「さっきの話だけど。本当にいいの？　いきなりすぎないの？」

ことの起こりから心配してくれている遼一は、マスターが焚《た》きつけ、なりゆきではじまった脩と憲之の関係を案じてくれている。やさしい彼らしい気遣いはありがたい。だからこそ、脩はあっけらかんと言ってのけた。

「反抗しても無駄だもん、このヒト。基本、決定事項しか言わないから」

「ひとを指でさすな」

脩が立てた人差し指は、憲之に握っておろされる。こういう行儀にも憲之はけっこううるさく、切り返しに「じゃあ、こちらの方」と上品ぶって手のひらで示せば睨まれた。漫才のようなじゃれあいに、遼一は苦笑したが、話をそらすなと真剣な目をする。

「まじめに聞いて。決定事項って言っても、脩ちゃんにも都合とか事情とかあるじゃないか。そういう話は事前にするべきじゃないの？」

「んん、とね。憲之はねー、そういうのも全部見越してしか言わないから、逃げ道ないの」

「逃げ道って、そんな……」

一方的に見えると遼一が言ったけれど、脩はそれにもかぶりを振る。

「ついでに言えば、おれが憲之に口で勝てると思う？」

「うーん……」

まったく思わない、とその場の全員に断言された。少々情けないながらも、それが事実なのは間違いないので、脩は眉をさげて苦笑するしかない。

「でしょ？　だからこれも、決定なんだよ、もう」

「……脩ちゃん、ほんとにいいの？　流されてない？」

再三の問いかけに、脩はしばらく首をかしげ、きっぱりと言った。

「おれ、いままでになくちゃんと考えてると思うよ。それに、おれが考えるより、憲之が考えるほうが間違いは少ないよ」

憲之は、なにもかも傲慢《ごうまん》な専制君主、というわけではない。そんなキャラなら、根性なしの脩はたぶん、さっさと逃げ出していただろう。

「それに、憲之、慎重だし辛抱強いし。言葉が極端すぎるだけだって、おれ知ってるし」

誰もまともに扱ってくれなかった脩を、ちゃんとしろと叱《しか》ってくれる憲之は、同じことを二度以上やると口もきいてくれなくなる。サボればこれ以上ないほど厳しく容赦もなかった。

けれど本心から反省すれば許してくれるし、努力してもどうしてもできないことについては、無理強いしない。めげそうになると、言葉はきついながら、励ましもくれる。

正社員になって半年が経ち、仕事にも音をあげないで頑張っていたら、憲之はとても褒めてくれた。ちゃんとがんばったことについては、認めて評価する主義なのだそうだ。

だからいいんだ、と脩はからっと笑ってみせる。

「いきなり言われたことではあるけど、一年様子見したのはお互いさまだし。憲之ならだいじょうぶだろうなって、考えて、いいよって言ったよ」

「んまあ……脩が考えるだなんて。頭使うなんて。憲ちゃんの愛のチカラかしらっ」

脩の言葉に、マスターは乙女に喜んでいた。が、その『憲ちゃんの愛』とやらが、脩にはよくわからなくて、思わず問いかけてしまう。

「愛のチカラって言われたけど、おれ愛されてるの？」

「はあ？　なに言ってんだおまえは」

まじめに言った自分がちょっと恥ずかしく、わざとかわいこぶってみたのだが、憲之には白い目で見られただけだった。こういうふうに甘えてみせれば、昔の男はたいがい、でれでれと相好《そうごう》を崩してくれたのだが、この一年、憲之がこの手にひっかかってくれたことはない。

（そっけないなあ）

これだから、よくわからないんだよなと脩は内心複雑になる。

信用はしている。信じるに足る男だとも思う。けれど、いわゆる愛だの恋だのという感情に関しては、あまりに糖度の足りない言動ばかりなので、確信が持てない。

「はあ？　ってなんだよー。わかんないから訊《き》いてんじゃんか。おれのこと愛してる？」

「俺の行動については、おまえが自分で考えて理解しろ」

「えー、なんかつめたーい。もう一声、なんか言ってよ」

つれないにもほどがある態度で、目もあわせずに憲之は言いきった。

「きらいなやつの面倒をみるほど暇じゃない」

結局のところ、言葉で伝えてくれたのはその程度のものだったが、このそっけなさにも慣れた脩は、肩をすくめただけで、それ以上追及はしなかった。

（まあ、いくら言葉で言われてもね）

前彼とは『かわいい好きだ愛してる』と言われたあげくの、あのド修羅場だ。言葉の重要性というものに、このころの脩はあまり重きをおく必要を感じなくなっていた。

嘘つきの語る愛に、なんの価値もない。おっかなくてもそっけなくても、約束を守る憲之のほうが、きっとずっと人間としては上等だ。

それでもやはり、もう少しはお愛想してもいいいんじゃないかと、隣に座る男に寄りかかり、わざとらしく拗ねてみた。

「やっぱあんまり、愛は感じられないなあ」

「じゃあそう思ってろ」

「つめてーの」

ふてくされてみせたところで、フォローの言葉をくれる男じゃないのはわかっている。口を尖《とが》らせただけで終わりにする脩に、マスターはしみじみつぶやいた。

「ほんとすごいわ憲ちゃんって。あのばかっ子を、ここまで聞きわけよくしつけるなんて」

憲之のグラスが空になったのを見て、マスターは「おごり」と新しい酒を出す。

「ヤリチンに引っかかるわ、嘘つき不倫男に引っかかるわ、ナントカのひとつ覚えでふられちゃ愚痴たれてたエロ小僧が、人並みに仕事して、場をわきまえる理性まで持つようになって……どれだけ苦労したのかと思うと、アタシ、涙が出るわ」

わざとらしく泣きまねまでしてみせるマスターに、脩は思わず声をあげた。

「ちょっと待ってよ、おれの努力は⁉」

「できてあたりまえのことを、ひとより遅れてできるようになっただけで、いばるな」

「ひど！」

ちょっとは褒めてとわめいたら、隣の彼氏に一刀両断された。周囲はそれで爆笑し、脩はひとりで少しいじけた。

「いいよ、どうせおれは、ばかっ子ですよ！」

それでも、気持ちはすさまない。たしかに一年もの間、捨てられずにつきあってこれたのは事実だ。言い合いはしょっちゅうだし腹も立つが、本気で傷つけられたことはない。

憲之以前の彼氏たちとは、よくけんかして、怒られた。タカシのように感情を爆発させられたり、そうじゃなくても細かいことで不機嫌になられたり。むろん脩も悪かったとは思うけれど、彼らは皆、憲之のように『してはいけないこと』について事前に注意をすることなどはなく、突然キレた。要するにお互いが身勝手だったのだと、いまは思う。

脩自身、相手を見かけで選んでいたのは事実だろう。ちょっと悪っぽい感じのするのをかっこいいと思い、怠惰《たいだ》な空気を持つ男に憧《あこが》れ、ライブハウスに集ってはいろいろとうんちくを傾ける相手を賢いと感じた。だが、ホンモノのロックンローラーのように、思想の面から反社会的でアーティスティックな男なんかが、場末っぽいライブハウスでうろうろとたむろしているわけがない。大言壮語で夢ばかり語り、中身のない人間にしか自分が相手にされていなかったんだと、憲之とつきあって脩は学んだ。

(でも憲之は、ぜんぜん、違うんだ)

忙しいなか連絡をくれたり、面倒をみてくれたりと、憲之にはたぶん、大事にしてもらっていると思う。

だからと言って、愛されてるなあという実感を持ったことも、じつのところはなかった。

脩と憲之の関係が、恋人同士というより、『お父さんと息子』のようだと言われたことがある。憲之がモノ知らずな脩を子育てしているようにしか見えないと言われるたび、複雑になりつつ、反面嬉しくもあったのだ。

「いいもん。おれ、おとなになったんだもん。このくらいで拗ねないもん」

「その物言いのどこが大人だ、おまえは……」

語尾に「もん」ってつけるなと小突かれながらも、脩は安心してふてくされていた。憲之がこうして小言まじりに自分をたたくとき、絶対に本気の力を出さないことも、もう知っている。それでも、脩のなかに、いつ捨てられるんだろうかという不安はしっかり根づいていて、ときどきはこう思った。

（憲之、めんどくさくなんないのかな。おれのこと、見捨てたり、しないかな）

だから、容赦なく叱られるたび、情けないけれどもほっとした。憲之が叱ってくれている間は、絶対に見捨てられていない。

いままでどれだけ適当でいいかげんな生き方をしてきたのか、そして人間関係においても不誠実だったのか。そういう自分が、ひとの信頼を得ることがいかにむずかしいのかも、いまの脩は知っているつもりだ。だから、かしこまって憲之に頭をさげた。

「まあいいや。とにかく、よろしくお願いします」

「ああ。けど、その前にひとつ、片づけるぞ」

「へ？」

まだなにか問題はあっただろうかと首をかしげる脩に、憲之はいちばんの大玉が残っているだろうと言った。

「引っ越しには最初に必要なものがあるだろう。それがなにかわかるか？」

「え、えっと、お、お金……？」

先立つものといえばそれかと、ない頭を絞った脩が答えると、憲之はあの重低音で言う。

「ばかか。住民票だ。今度は俺のうちに来ることになるんだから、いままでみたいな仮の宿ってわけにいかねえからな」

「その、それって、つまり……？」

鳩尾《みぞおち》が妙にひやひやする気分をこらえて問うと、憲之は目を逸《そ》らすなというように脩を見つめ、いちばん言われたくなかったことを言った。

「実家に連絡しろ。で、きちんと話して、正式に住民票を移せ」

「無理だよ！　おれ、何年も連絡なんかしてないし！」

反射的に、叫ぶような声が出た。脩の顔はおそらく真っ青だっただろう。

初恋の男から逃げて、おもしろくもない大学に入った脩は、夜遊びと男あさりばかりを繰り返していた。当時はまだ実家住まいで、いきなり素行の悪くなった息子を当然親は見咎《みとが》め、叱りつけ——その場の勢いで自分のセクシャリティもなにもかも、ぶちまけた。

親たちは、真っ青になっていた。親子げんかを面倒そうに見ていた妹も固まっていた。なにか、信じられないものを見た、そんなまなざしが脩を傷つけ、ずっと忘れられずにいる。

「なんで、急にそんなこと言うんだよ⁉　あっちだって顔見たくないって……っ」

細かい事情までは憲之に言ったことはないけれど、ある程度は理解してくれていたはずだ。なのにどうしてと脩が問うと、憲之は動じないまま逆に問い返してくる。

「言われたのか？　おまえの親に、顔も見たくない、出ていけって本当に言われたか？」

ぐっとつまった脩は、うつむいて自分のシャツの裾《すそ》を無意味にいじる。

「おおかた、勢いまかせでカミングアウトして、相手がパニクってるところでいたたまれなくなって、飛び出してそのまんまなんだろう」

図星もいいところだったので、脩はますます下をむく。

「よしんば気まずくても、どうせ家を出るって話なんだ。けじめはつけろ。そうじゃなかったら同居はなし。家出人を匿《かくま》う趣味はない」

「そんな、なんもかんもいっぺんに、いきなり言われても……」

もう少し心構えだとか、心の準備とか、そういうものをする時間をくれないのか。いささか涙目で睨んだら、憲之は「そんなもん与えたら逃げるだろう」とにべもない。

「面倒なんかは、早いうちにすませたほうがいい。いまなら話くらいはできるだろ」

じっと目を見られて、信用したんだぞ、と言われているのがわかった。一年前までの、なんでも場当たりで、適当で、逃げてばかりの脩とは違うだろうと、憲之は言っている。

青ざめた顔で、マスターと遼一を見た。彼らはなにも言わず、ただ脩をじっと見つめ、自分で決めなさいと告げているようだった。

「でも……」

まだ、怖いのだ。憲之に言われたとおり、追い出されたわけではない。脩の家はかなり脩に甘かったし、仲もよかったと思う。なのに、自分の勢いまかせのカミングアウトで、凍りつくような沈黙に陥れてしまった。そのことが申し訳なくて、やはりどんなに甘い家族でも、脩のセクシャリティは受け入れがたいことなのだと思い知らされて、逃げ出してきてしまった。

(きらわれてたら、どうしよう。気持ち悪いって、言われたら？)

そう思うと、胃の奥がぎゅうっと縮むようになって、萎縮《いしゅく》してしまう。言葉さえ出なくなり、うつむいてしまった脩の頭が、ぽん、と軽く、叩かれた。

顔をあげたら、いつものとおり、冷静で落ち着いた憲之の顔があった。

「もしかしたら、いやなことを言われたり、すんなりいかない場合もあるかもしれない。そのときはしかたないから、それなりの対処はしてやる」

「対処って……なに」

「責任もって慰めてやるし、なにがあっても見捨てやしないから、いってこい」

うなずく以外の選択肢がもうなにもなくて、脩は身を硬くしながら、憲之のスーツの裾をぎゅっと握った。

不安にまみれた顔をしても、憲之は甘いことなど言わない。けれど背中を押す手にちゃんと力をこめてくれるし、本当に脩が怖いときには、縋《すが》る手を突き放したりはしないのだ。

（だいじょうぶ、かな）

ここで、こうしていることを、認めて許してくれる憲之がいるから、脩は変わっていける。ちゃんとおまえの道はこっちだと示し、よそ見をしても転んでも、自分で歩けと言ってくれる。

（信じて、いいよな）

ありがとう、と言おうかと思って、やっぱりやめた脩は、涙目をごまかすために笑った。

「なんでそこまでしてくれんの？　もしかして、すごく愛されちゃってるの？　おれ」

「アホすぎてほうっておけないだけだ」

ちょっとだけ期待して問いかけたら、そんなつれないことしか言ってもらえはしなかったが、スーツが皺になるほど握った手は振りほどかれもせず、頭のうえの手は離れもしない。

ただ脩の髪を、さらさらと撫でているだけだった。

＊　＊　＊

憲之の説得で、脩は、二年ぶりに実家に電話をかけた。

ひとりではとても踏ん切りがつかなくてぐずっていたら、憲之が自分の部屋へと連れこみ、ご丁寧に電話を突きだして「いますぐここでかけろ」と言った。

「おまえひとりほっといたら、いつまでもぐずるだけだ。俺の目の前でやれ」

拒否権はまったくなく、脩はぶるぶる震えながら記憶にある番号を押した。

緊張で泣きそうになったし、親に蔑《さげす》まれたらどうしようと思っていたけれど――結果としては、拍子抜けするほど、穏やかに終わった。

脩が電話するなり、電話口で母親は『生きててよかった』と号泣した。つられて脩も泣いてしまったが、ひとしきり安堵《あんど》の言葉を述べたあとには、母親の大音響の説教が来た。

『いきなり出ていって二年も連絡もないうえに、勝手に大学までやめて、なに考えてるの！だいたい就職したならしたって、親に報告するのが筋でしょう！』

ごめんなさい、と小さくなりながらも、叱られて、嬉しかったしありがたかった。

このころには、『怒る』と『叱る』の違いを、脩はちゃんとわかっていたからだ。それも憲之のおかげだった。

えらそうで、説教くさいけれども、憲之の言葉には経験と知識が備わった中身がちゃんとある。そして本当に脩のためを思っての言葉も、たくさんもらった。

そういうことも、母親と話した。まだ少し複雑そうであったけれども、引っ越しの件や今回の連絡も全部、憲之がしろと言ってくれたのだと告げると、『そんなふうにちゃんとしたひととつきあっているなら、まあいいわ』と最終的には言ってくれた。

『あんたが男のひとと、どう、ってことじゃなくてね。すさんだ顔してるのが、いやだったのよ。高校のころから、だんだんおかしくなっていって……お父さんとも、心配してたの』

父親はまだ、ゲイというものを理解もしてないし、認め切れてもいないけれども、とにかく二年の不在は大きかったのだと言われた。

テレビでもオネエキャラの流行《はや》る昨今、あの手のひとびとが苦労したという話もいくつか知って、そのいずれもが「死を考えた」と思いつめた顔で語るたび、まさか脩はとふたりで震えあがっていたそうだ。

『男が好きだろうが、なんでもいいわよもう。生きてたから、なんでもいいけど！』

「ごめんな、さい」

半分キレた母親が怒鳴るたび、ぼとぼと泣きながら、脩は何度も謝った。住民票をちゃんと移したいので、取りに行ってもいいですかと伝えたら、いまさらかしこまるなとまた叱られた。あげく泣きすぎて話もできなくなったら、憲之が電話を替わってと言った。

「脩くんのお母様ですか。電話で失礼いたします、岩佐《いわさ》と申します。このたびは突然の申し出で、驚かれたこととかと思います」

電話の向こうで、母親がおろおろしているのがわかる。突然のことに驚くと、『は？』とか『へ？』とか間抜けな声を出すあたり、親子だなあとあとになって憲之に笑われた。

「さぞご心配なさったことと思いますので、一度、脩くんをそちらにうかがわせたいのですが、ご都合はいかがでしょうか？」

事務的なくらい冷静な憲之に対し、電話の向こうはやっぱり大パニックだったらしかった。

『おとうさん、おとうさーん！　しゅ、しゅ、脩の彼氏さんから電話が！』

受話器ごし、母の取り乱した声が聞こえたときは、さすがに脩も恥ずかしかった。似たもの親子だとにやにやする憲之の長い脚に蹴《け》りを入れるのが精一杯だった。

最終的には父親と憲之がサシで会話し、次の日曜日に予定を空けるという段取りをつけられるまで、脩はただべそべそしながら憲之の手を握っているだけだった。

「おまえ、さんざん心配かけてたみたいだな。今度の日曜は、説教は覚悟しとけ」

電話が終わるなり、ため息まじりに苦笑して言った憲之に、脩は首をかしげる。

「ねえ、電話、あっさり出たけど……やなこと言われたりするとか、考えなかったの？」

この変態だとか、おまえが息子をたぶらかしたのか、とか。脩の両親は他人を罵るようなタイプではないけれど、一般的に言って、ない展開ではないと思う。だが憲之はそれに対して、なにを言ってるんだという顔をした。

「まったく考えなかった。そもそも、おまえがその短絡思考で、勝手に絶望して家出してばかやってるだけだろうと思ってたから。いい親御さんじゃねえか、ちゃんと謝れよ」

だからどうしてそこまで、なんでもかんでもお見通しなんだ。眉をよせた脩の額をつつき、憲之は意地悪く笑った。

「生活能力はない、そのくせすぐに他人は信じる。男に捨てられても懲りない。おまえのその徹底した甘ったれぶり見てりゃ、どんだけ溺愛《できあい》されてたかなんか、予想がつくんだよ」

あんまり予想どおりすぎて拍子抜けしたけれどと、肩をすくめる憲之に、脩は抱きついた。

「憲之んちは、どうだったんだよ」

「うちは徹底した個人主義だ。理詰めで話して納得さえすれば、たいがいは終了する。なので、俺がゲイだと自覚した時点で、きっちり話を通してある。とくになんの問題もない」

この子にして──という親だということだろうか。惚ける脩にも頓着せず、またぽこんと頭が叩かれる。

「気がかりなものはひとつひとつ、片づけていけ。いくらおまえがばかでも、それくらいできないわけじゃないだろう」

ひどい言葉だったけれど、励まされているのはわかった。

「うん。……がんばる」

そのままべそべそ泣きだすと、憲之はしばらくなだめていてくれた。だが、あまりに長くぐずっていたら「うっとうしい！」と怒って振り捨てられたあげく、説教になった。

「めそめそしてる暇があったら、引っ越しの荷物でもまとめろ。おまえの部屋見たけどな、間借りしてるならもっときれいに使え。うちに来たら掃除はローテーションだからな！」

仁王立ちの憲之の顔は非常におそろしく、やっぱりちょっと、愛は感じられなかった。

＊　＊　＊

そして日曜日。おそるおそる向かった実家では天野《あまの》家全員――父、母、妹に待ちかまえられ、脩は恐縮しきりだった。憲之は、まずは家族水入らずで話してこいと、この日は一緒に来てくれなかった。

――それに俺が行ったら、おまえ、俺に任せてなにも話さないだろうが。

これまた図星であったので、びびりつつ久々の実家に戻った脩だったが、お互いなんとなくぎこちないのはしかたなかった。憲之が覚悟しろと言った説教については、ひさしぶりの再会の気まずさも手伝って、父も口にしづらそうだった。そう会話が弾むものでもなかったし、どうしていいのかわからないのは、親も脩も同じだった。

今後は憲之の家に住むこと、いまの仕事場はライブハウスだということなど、先日電話でもした話を口にしたあとは、なにを話せばいいのかわからない。

（もう、帰ろう……）

とにかく今日の義務は果たしたと、やっぱり根性なしの脩は早々に腰をあげることにした。

「えと、じゃあ、とにかく、書類取りに行くから……」

「お、お母さんついていく？」

子どもじゃあるまいし、それはいい、と脩が断ると、母はなんだか不安そうな顔をした。どうしていいのかわからないけれど、べつに顔を見たくもない、というわけではないらしい。さりとて、この気まずすぎる空気をどうしたものか——と考えていると、場をとりなしたのは、女子高生になった妹、逸美《いつみ》だ。

「んじゃ、あたしついてくよ。またお兄が逃げてもあれだし」

「え、あ、そうね。そうしてちょうだい」

ほっとした母親にも促され、脩も無言のままの父や、おろおろする母よりは、妙に泰然自若とした逸美のほうがマシな気がして、区役所への同道にうなずいた。

道々歩く間、みんな心配してたんだという小言を垂れられ、次もちゃんと顔を出すようにと約束させられたあと、逸美からは思いがけないことを言われた。

「あたしが言ったんだよね。お兄がオカマでもホモでも、生きてるだけいいじゃないって」

「え、そうなの？」

「うん。お兄は昔からおばかだし、甘ったれだったから、たしかにカノジョよりカレシが向いてるとあたしは思うよ。なんかヘンに納得したっちゅうのかな」

妹にまで『おばかの甘ったれ』認定なのかとがっくりしたが、気が楽になったのは事実だ。当時はまだ子どもっぽかった彼女もすっかり化粧の似合うギャルとなり、時の経つのは早いなあ、などと妙な感慨を持ってしまった。おまけにこの妹は、昔からそうではあったが脩よりも数倍頭がよく、大人びていた。

「あのときはすごい修羅場だったし、あたし意味わかってなかったからさあ。悪かったね、家出するまで思いつめてるとは思わなくてさ」

「いや……わかってくれただけで、いいよ」

親たちより若いぶんだけ、脩のセクシャリティについても理解が早かったのもありがたい。妹の言葉は素直に嬉しかった。だが脩の感激は、続く小言に押し流された。

「でもいきなり家出はないでしょ。そういう短絡思考はどうかと思うよ。深く考えないくせに行動力だけあるしさあ。どうせ出てったとき、さきのことなんか考えてなかったでしょ。あたしらもショックだったんだから、話をする時間くらい作れっつうの」

はいごめんなさい、と頭を下げつつ、歩いて区役所にたどり着いた。おまけに、書類の書きかたも出しかたも脩はよくわかっていなくて、しっかり者の逸美にすべてを仕切られた。

とりあえずすべての処理を終え、区役所を出たとたん、逸美は深々とため息をついた。

「お兄さあ……一応成人してんだし、もうちょっとしっかりしたほうがいいよ？　ほんとに二年間、まともに暮らせてたの？」

「え、あ、えー……な、なんとか？」

疑わしいと横目に見てくる妹に、まさか真実は言えずに笑ってごまかした。ごまかせているかどうかは、かなり危なかったけれど、追及されずに済んだのは駅で思いがけない姿を見かけたせいだった。

眼鏡の似合う背の高い男の手にした携帯灰皿は、けっこう吸い殻がつまっていて、長い時間待っていてくれたのかな、と思う。

「えと……なんで？」

「なんでもなにもあるか。帰るぞ」

まさか憲之が、地元の駅まで迎えにきてくれているとは思わなかった。惚ける脩は、ぽかんとしたままその場に立ちつくしていたが、つんと袖《そで》を引かれて我に返る。

「お兄？　紹介してくんないの？」

「あ、あ、えっと、妹。逸美。こっちは、岩佐憲之……さん」

リベラルかつ勘のいい妹は、憲之が脩の相手であるとすぐに気づいたらしい。しげしげと憲之を検分するなりにやりと笑ったかと思えば、深々と頭を下げた。

「岩佐さん、はじめまして。父と母はまだ気持ちが落ち着いてませんが、あらためてご挨拶《あいさつ》にうかがうこともあるかと思います。不肖のばか兄が非常にご迷惑をかけまくることと思いますが、よろしくお願いします」

「……ご丁寧にどうも。こちらこそ、よろしくお願いします」

脩とは似ても似つかないほど大人びた妹の態度に、憲之は一瞬目を瞠《みは》ったあと、穏やかな顔で返礼した。それににんまり笑って、逸美は生意気な口調で言う。

「ていうか、ビビらないすね。妹いるってのに」

「その程度の神経で、コレ引き取ろうと思いませんから」

「あはは、それもそうだ」

そしてなぜかふたりして、目をあわせてにやっと笑った。どうもその笑顔が、似たもの同士だと感じあった証拠のようで、脩はうっすら寒くなる。

「お兄にしちゃ、上物捕まえたじゃん」

ばしんと脩の背中が叩かれた。振り返ると逸美は屈託のない顔で笑っていて、ああ、認められたんだなあと思った。

(もう、変なふうにびびってなくて、いいんだ)

初恋の相手のことも、それから憲之に出会うまでの誰も彼も、なんとなくのうしろめたさを持ってつきあい続けてきた。いつか、こんなの間違いだよと、おかしいんだよと言ってほうり投げられるんじゃないか――そう思って、怯《おび》えてきたのに。

「ちょっと、やめてよ。なんで泣くのよ」

「うえー……だってえ……」

駅前だというのにボロ泣きした脩を、憲之と妹のふたりは呆れかえって見ていたけれど、なんだか幸せだなあと脩は思った。

照れくさいから、素直に礼など言えないけれど、この安心は憲之にもらったのだろうなと

思う。いったいなんの酔狂で、ここまで面倒をみるのかとも思うけれども、愛想もないが嘘もない男の背中は、絶対に信じられる気がした。

「いいかげん泣きやめ。みっともない顔の男連れて歩く趣味ねえぞ」

ちっともやさしくない言葉で、でも手は差し伸べられた。べそべそしながらそれを摑んで歩き出すと、逸美がひゅうっと冷やかすから、赤い目のまま睨んでやった。

電車に乗る間、どうにか涙は引っこめた。けれど憲之の部屋まで歩く道すがら、もう一度手をつないでいいかとおずおずせがんだら、無言で腕を引っぱられた。

(ちょっと違うんだけどなあ)

恋人つなぎで散歩とか、したいと思ったのだけれども、憲之相手にそれを求めるのはむずかしい。とはいえ、甘々の憲之なぞ、想像するのはもっとむずかしい。

夕暮れで、街はオレンジに染まっていた。ビル街の向こうにうっすら消えていく太陽と、そこからあわく紫のグラデーションに変わっている空は、とてもきれいだった。

夕空を眺める合間にも、気持ちがずっと高ぶっていて、この一年、言えそうで言えなかった言葉を、やっと脩は口にした。

「ねえ、おれ、憲之、すきだよ」

歩みの早い憲之に引っぱられているから、ときどきつんのめりそうになる。そんな色気のない状況で、唐突に口にした言葉にも、男は振りかえりはしなかった。

「ふーん」

極薄のリアクションに、肩すかしを喰らった気がした。でも、こんなものかなあと思った。ものすごく愛してますとか、そういうのじゃなくはじまって、でも誰よりも憲之は誠実で、脩のことをきちんと考えてくれている。一緒に歩く道で、脩が転びそうになったら、こうして引っぱっていってくれる。

なんにも盛りあがらないしドラマチックじゃないけど、これはこれで、ラブだろう。腕を引かれて歩きながら、脩は思った。


そして、同棲生活がはじまったが、世間一般のイメージのような、『甘い生活』とはいかなかった。

憲之の厳しさは、生活面についても及んだ。といっても、極度に神経質だとか、きれい好きだとかではない。本来ごくあたりまえの、生活を共にするルールにおいて、のところだ。

『忙しいなら、家事にはたまには手抜きをしてもいいけれど、基本のルーチンはこなすこと』

『約束は破らないこと、事情があるなら、きちんと説明すること』

『家に帰れない、もしくは遅くなるときには、連絡を入れること』

ごくあたりまえのルールだというのに、居候時代も、その後のひとり暮らしでも、気ままにやっていた脩は、しばらくそれを守れなかった。

深刻なけんかもいくつかした。大抵は脩が悪かったので、さんざん叱られて終了、という感じではあったが。

もうほんとにこれで終わりだと思ったことも、たくさんあったけれど、なんだかんだと丸めこまれたり、ときには脩が一本とったりして。

気づけば——あっという間に、出会いから四年が過ぎていた。

＊　＊　＊

大音量で鳴り響いていた音楽が止まり、その晩のライブが終了したことを脩は知った。

ライブハウス『アーキオーニス』のこの日のステージは、そろそろメジャーからも声がかかっているインディーズでも人気のバンドで、客の入りも上々だった。

「脩、裏ちょっと見てきてくれるかな。メンバー帰らせたいけど、出待ち多そうなら、退出規制かけてる間に車両搬入口から出すから」

「はあい」

店長の指示にうなずいて、脩は早足にバックステージを通り抜け、スタッフオンリーのエレベーターで一階へと下りる。通用口のいかにも事務的なそっけないドアを開いて様子をうかがうと、一瞬だけ女の子たちが反応した。だが、脩の胸元に下げたパスを認め、スタッフだとわかると、またつまらなそうな顔に戻ったのを確認し、ドアを閉める。

「このクッソ寒いのによくやるなあ……」

派手な赤い服の少女は、たしかライブ前からあそこにいたような、と気づいて脩は首をかしげた。今日のライブはたしかに盛況だったが、まだ立ち見の余地はなくもない。

（なんでなかにいないんだろ）

ファン心理というのは不思議なものだと思う。好きなアーティストに憧れるというのはわかるが、なぜステージを見ずに、一瞬会えるか会えないかの出待ちに根性を出すのだろうか。

一度、その行動原理が不思議になって、出待ちの女の子に訊いてみたことがある。すると彼女曰《いわ》く、アーティストに対して擬似的――というより一方的な恋愛感情を持っているから、ステージにいるハレの姿は『本当の彼ではない』ということになる、らしい。

――素顔の××クンが好きなの。手紙受けとって、笑ってくれたし。

とかうっとりしながら語っていたが、そりゃファン相手に睨みをきかせるやつは、あんまりいないんじゃないかなと脩は思った。メジャーシーンで人気絶頂の連中はともかく、今夜のステージをつとめたバンドなんかは、まだまだ人気が欲しい、つまりどんなファンでも邪険にできない時期のはずなのだ。

不毛じゃないのかね、と思いながら、脩はまた小走りにもときた道を戻った。

「どうだった？」

「えーっと、二十人くらいはいます。ちょっと騒がれると面倒かも」

「じゃあやっぱり搬入口か。どうせしばらく物販でゴタゴタだし、多少足止めにはなるが」

店内に戻って報告すると、店長がため息をついた。二十人程度、たいした人数ではないように思えるが、バンドメンバーがひとりひとりの相手などすれば厄介《やっかい》だし、若い女の子の叫《きょう》声《せい》はある意味騒音だ。夜半に路上で騒がれた場合、クレームをつけられるのは脩たちライブハウス側になってしまう。

「悪い、ちょっと帰り、遅くなるかもしれない」

「平気でーす」

アルバイトでチケットのもぎりや清掃だけだとか、端っこの雑用仕事をやっていればよかったときと違い、いまの脩はアーキオーニスのフロアスタッフでも古株になっている。この手の仕事はひとの回転が速く、あまり居着かないため、全体を把握できるのは店長の次に脩、という状況で、残業を言いつけられるのもしょっちゅうだった。

むろん、残業代など零細ライブハウスのあがりでは、ろくに出ない。それでも脩が笑って仕事を請けおうと、店長にはひどくすまなそうな顔をされた。

「平気って、だいじょうぶか？　カレシに連絡しなくても、怒られないか？」

目の前の店長も、脩がグダグダだった時代と、憲之とつきあいだしてからの変化を知るひとりだ。同居の約束事のひとつ、『遅くなるときには、連絡を入れる』を守れなかった際、どっかんと雷を落とされる場面を店長は見ていたので、いまだにこうして気遣われる。

しかし、心配顔の彼に、脩は一瞬だけ歪《ゆが》みそうな顔をこらえて明るく言った。

「……や、だいじょぶ。警備の連中にも言ってきますね」

「あ、おい……」

呼び止める声を無視して、脩はまた駆けだした。

アーキオーニスはテナントビルの三階にあるのだが、エレベーターはスタッフと機材を運ぶ一基しかない。そのため、ライブ会場への入退出は全員階段を使ってもらうことになる。あせった客の将棋倒し事故などが起きてはシャレにならない大惨事を招くので、出入りに関しても警備スタッフの誘導が必須だった。

むろんその場合スタッフ連中も、階段を駆けのぼったり下りたりだ。場合によると日に何度も往復する羽目になる。

「おかげで足腰はすっかり丈夫になったよなあ……」

撤収がはじまったため、今度はエレベーターは使えなかった。階段を駆け下りながら、そういえば昔憲之に言われたな、と苦笑する。

「体力つけたってさ……いまじゃ、ぜんぜん、だもんな」

――ゴムつきの尺なんかで、俺のテクがわかるわけねえだろ。とりあえずいまのうちに、しっかり飯食って、ローディー仕事で走り回って、足腰鍛えて体力つけておけ。

あれは何度目のデートだったか、と思いだし、脩は少し赤くなり、そして眉を下げた。

（あのころが、なつかしいな）

とくに関係がまずいとか、冷めたとかいうわけではないとは思っているし、そもそも冷めるほどの熱など、お互いに最初から持ちあわせてもいなかった。

相変わらず憲之は言葉が少ないし、甘い態度も見せてはくれないが、それはことの起こりからそうだったので、さほど気にもしていない。

ただ、ここ半年ほどの憲之は、とにかく忙しすぎるのだ。現在春海《はるみ》に頼まれている案件が、どのようなものかは知らないが、仕事仕事でまったくかまってもらえない。

おまけに正社員になった脩までもが、忙しくなってしまった。

ライブが跳ねたあと、簡単なフードとドリンクで飲むこともできる店の営業時間は深夜に及ぶ。だが、閉店時間というリミットがあるだけ、ある意味『不規則正しい』のは脩のほうで、フリーSEの憲之のほうが、生活時間はめちゃくちゃだった。

遅くなっても平気と店長に言ったのは、単なる事実だ。たぶん、連絡を入れたところで、憲之のほうこそ帰っていないだろうと思いつつ、走りまわる合間に【今日遅くなる】とメールを送れば、案の定の返事が来た。

【こっちも帰れない。もし戻れたら、シャツだけ洗っておいてくれ】

一緒に暮らして二年が経過して、関係は安定していると思う。だがこういう安定具合はいかがなものか。色気もそっけもねえ。うんざりして脩がかぶりを振ったところで、スタッフからヘルプコールがかかった。

「脩ちゃーん、ちょっと！　物販のブツ足りないみたい、搬入チェックして！」

「は……はあい、いま、行く！」

そっけないメールを二度読み返して、脩はジーンズのポケットに携帯をねじこみ、ついでにほんのりした寂しさも、心の奥へとしまいこんだ。


「お疲れさまでしたあ」

「おう、お疲れ。明日はゆっくり休めよ」

くたくたになって仕事を終え、店長に送り出されたときには、深夜の十二時をまわっていた。どうせこれから帰ったところで、暗い冷たい部屋が待っているだけかとむなしくなる。

（なんかもう、電車、しんどい）

脩はふらりと駅に向かう道から逸れ、流していたタクシーに乗りこんだ。目的地を告げたあとで、帰ったら洗濯しなきゃなあ、とぼんやり思う。

（明日は休みだから、明日でもいいけど……すること、ないな）

どうせ憲之も帰ってはくるまい。考えて、どっと疲れが押し寄せた。

まだつきあいはじめのころ、憲之はいまにしては考えられないほど、頑張って時間を作ってくれていた。最低でも週に一度はデートしたし、憲之言うところの『試用期間』三ヶ月が過ぎてからは、身体の相性だけはしみじみぴったりだと、毎回確認しあっていた。

いまとなっては、最後に抱かれた記憶といえば、もう半年も前のことになるけれど。

「半年もエッチなしってどうなのかなあ……」

ぼそりとつぶやくと、タクシーの運転手がちらりと視線を動かしたのがわかった。けれど脩のぼんやりした顔に薄気味悪さでも覚えたのか、なにも話しかけてはこなかった。

（セックスレスって、どんくらいしなかったら言うんだろ？）

考えたら情けなくて、脩は笑ってしまう。たしかに、そればっかり、というのも哀しい。けれどまったくないならないで、これってなんだろう、と脩は思うのだ。

「せつないなあ」

つぶやいて、窓の外を見る。流れていく夜景は華やかで、まだこの時間なら新宿あたりは宵の盛りだ。止まり木にでも行けばなぐさめてくれる連中もいたりするだろうし、気を紛らわす遊びもできるだろう。

それでもあんな無駄に存在感のある男の穴埋めは、誰にもできないことくらい、もう知っているから、脩はまっすぐに帰途につく。

憲之がいない時間がこんなに色あせていることを、果たして相手はわかっているのかという疑問は、胸の奥に小さな棘《とげ》となって残っていた。


自宅にたどり着いてみると、案の定、部屋は暗く静まりかえっていた。ため息をついて、まずは洗濯機を確認してみると、その脇には紙袋に突っこまれた何枚ものくしゃくしゃのシャツがあった。しかも昨日見たときよりも、量が増えてはみ出している。

「……あの野郎。昼間いったん持って帰ってきて突っこんでったな」

夜通しの仕事のあとに昼になっていったん帰宅、そのまま仮眠を取り、夕方には出かけていくのがここしばらくの憲之のパターンだ。ひどいときには、出向先の会社に仮眠室があって、そこで寝起きすることも少なくない。

どうりで今日はメールの文面が長い――三文節はあるからあれでも長いほうなのだ――わけだと、脩はむすっとしたまま突っこまれたシャツを掘り返す。

「ためるなって言ってるのにもうっ」

ぶつぶつ言いながら、ごっそりとひとかたまりになった洗濯物から色落ちするようなものはないか確認し、白や薄いブルーのシャツだけをよりわけ、洗濯機に突っこんだ。

いつもスーツでぴしっとしている、と思っていた憲之が、じつのところ衣服に関してはおそろしく不経済でずぼらだということを知ったのは、同居してからだった。

脩の着ているようなカジュアルファッションは、Tシャツやデニムにしても加工品は案外手入れが面倒だったりするし、組み合わせにもセンスがいる。

だが憲之のようにスーツだったら、たしかに、上着＋シャツ＋ネクタイのパターンから選べばいいわけで、選択肢はぐっと減る。

スーツだったらインナーは白かなんかで適当にしときゃいい。洗濯は全部クリーニングまかせにしときゃいい――というのが憲之の持論であり、本当に忙しいときは下着までクリーニングに出していると知ったときには啞然《あぜん》となった。

「変なとこ、常識が吹っ飛んでるっていうかさ……ふつうパンツは出さないだろ、パンツは」

たしかにこの忙しさでは、洗濯もままならないことはあっただろうけれど。

「おれもたいがい、世間知らずだったけどさ。あれはヘンだよ絶対」

脩はぶつくさ言いながら洗剤と柔軟剤をそれぞれ指定の位置に注入して、スイッチを押した。夜半でも使える静かな洗濯機は、至近距離で触れているとどぼどぼと水が注がれていくのがわかる。

静まりかえった部屋のなか、唯一音を立てるそれに触れ、脩はしゃがみこむ。音のない空間は耳が痛いくらいで、いくら自分がやかましくても、ひとりじゃはしゃげもしないのだ、と痛感する。

「憲之わかってんのかなあ。おれがうるさいのって、ひとがいるとこで、だけなんだよ」

小さくなってつぶやいて、脩は抱えた膝《ひざ》に顎を乗せた。

──家に帰ってまで気を遣いたくない。おまえは、きゃんきゃんうるさいけど、明るくていい。気分的には、邪魔にならないから。

めずらしくも憲之にちょっとだけ褒められたとき、男の家にすぐ転がりこむ自分が、どれだけ図々しいと思われていたのかわかった気がした。

けれどあの時期、脩は脩なりに気を遣って生きてきた。なにより、すぐ追い出されたら次に行く場所もないから、できるだけ相手の気に障らないように──カレシが仕事をしていたり、なにかしているときに邪険にされる原因だけは作らないように、振る舞うことはできた。

ことことと低騒音で動く洗濯機に、ごちん、と後頭部を押しつけて、ぽつんとつぶやいた。

「邪魔は、しないよ。……しないけどさ。これってどうなんだろ」

いくらなんでもほったらかされすぎじゃないかと、妙に疲れた気分で考える。

電子音が鳴り響き、洗濯が終わったことに気がついてはっとする。思うより長く床に座りこんでいたせいで腰が冷えきって、いたたと呻《うめ》いて立ちあがった。

「乾燥機にいれて……乾いたら、たたまないと」

憲之がこうして、何日分かの洗濯物をまとめて置いていくのははじめてじゃない。ここ半年、コミュニケーションは洗濯物を介在してのみ行われているといってもいい。洗ってたたんだシャツを憲之の部屋に置いておくと、いつの間にかそれが減っていて、また今日のように紙袋に突っこんだシャツが置いてある。

「頼み事はせめて、肉声で言え、肉声で。毎回メールオンリーじゃんか！」

苛立《いらだ》ちまかせに脩は、手にした洗濯物を思いきり拡げて音を立てた。どうせ外に干すわけでもなく、乾燥機に放りこむのだが、こうしておいたほうが洗濯じわがマシになる。

十八歳で家出したとき、脩はもちろん家事能力などいっさいなかった。専業主婦の母親は、息子の脩にまったく家の手伝いなどさせなかったからだ。そのあと転がり込んだ男の家も、相手の生活態度自体がめちゃくちゃで、だらしないか、脩をペットのように愛《め》でて、なにもさせないかのどっちかだった。

この手のことを脩に仕込んでくれたのは、止まり木のマスターだった。下宿していたあの一年間は、ある意味『花嫁修業』だったのねと、ひとのいい彼はいまだに笑う。

些細《ささい》なことでも少しずつ、できるようになるのが嬉しかった。でもそれは憲之が、口は悪いながらも褒めてくれていたからだ。やればできるじゃん、そんなひとことでぽんと頭を叩く仕種《しぐさ》が嬉しくて、好きだった。

なのに、いまでは必要最小限の指示しかない。最近は生活態度がしっかりしてきた脩に家のことはまかせきりになって、憲之はろくに帰ってもこない。信頼されてまかされているのはわかっても、ひとりの時間が長すぎるのは事実だ。

三年前よりも多少成長したとはいえ、感情の部分が納得しきれるかどうかは別の話だ。もともとかまわれたがりの甘ったれな脩は、あまりのすれ違いにだんだんむなしさを覚えるようになっていた。

相手のほうが仕事が大変なのも、わかってはいる。ＳＥという仕事については、業界では三十五歳引退説なども囁《ささや》かれるというし、こんなことも言っていた。

――チームの連中で会社も興したいしな。いまはそのために手広くやって取引先も摑んで、足場を固めないといけないんだ。

おばかな脩には見えない将来を見据えている憲之にとって、たぶんいまが正念場なのだ。フォローくらいは恋人として、して当然だとは思う。

家政婦とまで言えるほど、役に立っているわけでもなし、これくらいできなきゃ本当にただの居候だと、わかってはいるけれど。

「おれ、がんばってるでしょ……？　褒めてよ」

ひとりごとはむなしい。そしてこの寂しい感覚に、慣れたくないなあと思う。

慣れてしまったら、たぶん、意味がなくなってしまうのだ。ひとりだけで家のことをして、仕事もがんばって、充実感もある。ときどき、めちゃくちゃに忙しいときには憲之のことが頭から抜け落ちていることさえある。

(でも、じゃあ、なんで一緒にいるの)

どちらかと言えば、なりゆきからはじまって、『まあいっか』で脩は状況に馴染み、憲之にしても『しょうがねえか』でここまで来た部分もある。

憲之とつきあいだして、脩はとても楽だった。気持ちのテンションがさして高くないはじまりだったから、必要以上に身がまえずにいられたおかげだ。

振り返ればいろんなことがあった。むろん同居してからも、順風満帆とはいかなかったが、いまだに脩の最長期間交際記録のレコードを保持しているのは憲之だ。

身勝手で無防備な愛情を押しつけるばかりではいけないのだと、それも憲之に教えられた。だからって、空気のような存在なんて、そんなものになりたいわけでもない。古女房みたいに便利に扱われたり、あたりまえに消費される存在になりたかったわけでもない。

(さみしい)

だってゲイなのだ。恋愛以外で結びつきようがないふたりなのだ。

好きで、好きで、泣きながらすがって恋人にしてもらったとか、そんなつきあいじゃないのもわかっている。たとえば遼一と春海のように、お互いを恋しあっての関係ではないし、贅沢《ぜいたく》も言えない。

顔も見ない、エッチもしない、会話は週に一回の、挨拶程度のものがせいぜいという半年は、ちょっとだけ脩をせつなくさせている。

「これじゃ、ひからびちゃうよ」

一緒にいるうちに、腹も立てて、面倒で、それでも絶対見捨てないでいてくれた憲之を、本当に好きになったと思う。きっと、最初につきあいはじめたころより、いまのほうが絶対に恋心は大きくなっている。

けれど、あの冷静な憲之にそんなことを言ったところで、理解してもらえるとは思えない。

「おれ、まだ、憲之のカレシでいいんだよなあ……？」

不安と情けなさいっぱいの呟きが、さらに足下を頼りなくさせる。

積みあげてきた時間のおかげで、脩は出会いのころよりずっと憲之を好きだ。でも、彼はどうなんだろう。昔のカレシたちにはセックスさせておけばどうにかなったけれど、そんなことにあんまり重きを置かない男は、どうやって『恋人』だと認識していればいいんだろう。

そもそも、冷めた、というほど惚れてもらってもいない。すごく以前に「すき」と言ったら「ふうん」で終わりにされてしまった。

どうしてこんなにいろいろしてくれるんだと訊いたら、ばかすぎてほうっておけないと言われて――でもエッチのときは声がかわいいと言ってくれた。

（たまには、前みたいに、かわいいって言って、かわいがってよ）

もともとつきあいはじめから、甘ったるい時間などすごしたことはないけれど、最初の一年で、まともな恋人として扱ってもらったことが忘れられない。

一緒に住みはじめてから、くだらない話もいっぱいして、けんかもして、そのたび呆れられてはいたが、ちゃんと脩の言葉を聞いてくれた。なのにいまでは、声すら聴けない——。

（うわ、いかん）

笑いながら話したのも、いったいどれくらい前かと思うと、なんだかじわっと来てしまう。思わず洟《はな》をすすったあと、大あわてで目元を拭った。

「あ……ばかみてえ。なにめそめそしてんだろ」

洗濯はともかく、この時間では掃除機をかけるわけにもいかない。なにか気が紛れることはないかな、と疲労に鈍った頭で脩は考える。

「ゲームでもすっかな……」

ゲーム、といっても市販のそれではなく、以前、憲之が組んでくれたjavaを使ったパソコンのタイピングゲームだ。画面に表示される文字を入力すると、アニメーション画像の敵キャラが声をあげて倒れる。またそれが、ちっともかわいくない絵なのだ。

（お子様向けに、マンガの絵使ってやったぞーとか言ってさ。ネットで変な絵拾ってきて）

——お子様モードで作るのは苦労したんだから、最後までクリアしやがれ。

べつに頼んだわけでもないのに作ったソフトは、憲之のように遊び心のない人間にはいささか厳しかったらしい。脩がクリアできなくて放置したら、なにやら文句を言っていた。

以前はなかなかファーストステージからあがっていけなかったが、最近やっとサードステージまでたどり着いた。おかげで苦手だったタイピングもだいぶ上達し、仕事でパソコンを扱うのも苦ではなくなったのはありがたい。

（ああいうの、昔はいっぱい、してくれたな）

またじんわり来るのは、あの時期の憲之がけっこう頑張ってくれていたのがありがたいのと――いまはもう、それほど脩に時間を割くこともしたくないのかな、と考えるからだ。

「あーっ、もう、暗い！　部屋も暗い！　おれも暗い！」

マイナス思考なんて最悪だ。自分にも馴染まないし、なにより憲之はそういう鬱々《うつうつ》とした発展性のない思考に溺《おぼ》れる人間が大嫌いなのだ。鬱屈したまま洗濯機に同化しかかっていたなんてばれたら、『根暗』のひとことで切って捨てられるに決まっている。

「乾燥機止まるまでゲームする！　んで洗濯物たたんだら、寝る！」

わざと大声を出すのは、気落ちしている自分を奮い立たせるためだ。これもけっこうむなしいが、最近部屋にいるときはいつもひとりなのでしかたがないと自分に言い訳しつつ、脩は彼の仕事部屋に乗りこんだ。

脩専用に、古いノートマシンを与えてくれていたが、最近はいじる暇もなくて憲之の部屋に放りこんだままだった。自室に置いておけと言われたのだが、滅多に触らないうえ、パソコンオンチの脩は近くにこんな複雑な機械があるというだけでもなんとなくいやな気分で、使うとき以外は憲之の部屋で管理してもらっていた。

「相変わらず、カオス……」

几帳面で神経質そうに見えて、じつは大雑把な憲之の部屋は、案外雑然としている。といっても散らかっているのは仕事用のCDだの書籍だの書類だのばかりなので不潔というわけでもなく、ただ単に片づける暇がまるでないことを物語っていた。

机のすぐ隣のラックには、歴代のOSごとのマシンがごっそりとあり、こんなに大量にあるなら下取りにでも出せばどうだと言ったら、過去の仕事のサポートの際には、いまだに必要だという返事があった。

しかし、必要なはずのノートマシンをそのまま積み重ねているあたり、あの男の大雑把さがよくわかる。積みあがったパソコンでできた『地層』には触りたくもない。下手なことをして雪崩《なだれ》でも起こしたら、間違いなく壊す自信があった。

ちなみに生活スペースである寝室のほうは、いつもきっちりきれいに片づいているが——ここ半年はそもそもろくに使っていないので、脩が合間を見て埃《ほこり》だけ払っている。

「パソコン、パソコン……っと、あったあった」

無造作に棚に突っこんであったノートマシンの蓋《ふた》部分には、大きな字で『脩専用』とマジックで書いてある。うっかり違うマシンを使われて壊されてはたまらないからだそうだ。

「だいぶ充電してないから、えっとバッテリー……って、うわ!?」

おそらく近くにコードもあるはずだときょろきょろしていた脩は、うっかり肘《ひじ》を机にぶつけてしまう。

（あ、あっぶね……びびった）

思わずひやっとしたが、崩れたのはデスクのうえの書類とＲＯＭだけだった。心から安堵し、床に落ちたケースなどを拾いあげて、ひびが入ったりはしていないかと検分していた脩は、そこで意外なものを発見した。

「なに、これ」

赤やピンクといった、かわいらしい色調ながら、品のいいデザインのＣＤケース。しかもプリントされた柄は、脩が行きたい行きたいと騒いでいた、あのレジャー施設の有名なキャラクターのものだ。

おそるおそる中身を開けてみると、『営業管理データ・テスト版』だとか『ＣＳＳ設定・サンプル』『ＸＨＴＭＬ移行・サンプル』というラベルが貼ってあるものと、あとはラベルもなにもないＲＯＭが何枚か入っていた。

「これ、……仕事用のだよな？」

何度か憲之の口から聞いた、脩には意味不明のカタカナ語。彼の使っているものだろうという確信は持てたが、ますます脩は不可解になる。

こんなものを憲之が使うだろうか。

アニメなんかとバカにしていた憲之だ、こんなファンシーな趣味などあるはずがない。しかも、新品ではないけれど、大事に使っているのがわかる。

(まさか、女の子からのプレゼント？　いや、でも、憲之は女には興味がないし)

ざわっと胸騒ぎを覚えたものの、それだけはないはずだと脩は自分に言い聞かせた。憲之はたしか根っからのゲイだし、いくらなんでも、この程度のことで疑うのは短絡的すぎる。

「きっと、あれだよな。たまたま、ケースがなくて、もらったの適当に使ってる、とか」

乾いた笑いを浮かべて呟き、けれどそれに力がないのは自分でもわかっていた。

ブランド志向などなく、持ち物にこだわりがないようでいて、この手のものは根っからばかにしている憲之だ。ファンシーなステーショナリーなんて、趣味にあわないものをプレゼントされたところで、鼻で笑って受け取りもしないだろう。

ならばなぜ、これがここにあるのだろうか。

「ねえ、これなに、憲之……？」

いまここに彼がいれば、すぐにでも問うことができる。

けれど答えてくれるひとはなく、自身で答えを見つけることもできないまま、脩はしばらくその場に立ちつくしていた。

＊　＊　＊

翌日、仕事が休みとなり、ひとりの時間を持てあました脩は、ボガードへと足を運んだ。夜になって止まり木にいってもいいかと考えたけれども、夜半に愚痴を言い出すと止まらなくなる。なにより、ひさしぶりに遼一の顔をゆっくり見たいと思ったのだ。

おそらく客も一段落ついているだろう、午後と夕方の中間くらいの時間帯を狙っておもむけば、案の定、客の姿はほとんどなかった。

「どうぞ」

顔を出すなり、脩の表情でなにかを悟ったのだろう。穏やかに微笑《ほほえ》んだ遼一は、まるで准《じゅん》に出すかのようなミルクたっぷりのカフェオレを出してくれた。

「ありがと……おいしい」

甘いそれをすすり、マグカップを両手で抱えた脩の様子を心配したのか、カウンター席の隣に腰かけた遼一は顔を覗《のぞ》きこんでくる。

「なにか、あったの？」

「んん。なに、ってことは、ないんだけど」

言いよどんだ脩に遼一が眉を下げると、余呉《よご》がわざと冷たいひとことを発した。

「ほっとけ遼一、どうせまた、甘ったれた愚痴だろ」

「ひでえなあ……まあ、そのとおりだけどさ」

揶揄の声にも力なく笑うと、余呉が「おや」と目を瞠った。いままでならすぐにも噛みついていただろうと、意外に思っているのはわかった。

(おれ、どんだけばかっ子だと思われてるのかなあ)

ほとほと情けなくなりつつ、脩は昨晩見つけてしまったCDケースのことについて、口に出すのはやめた。自分でも疑心暗鬼が行きすぎた不安だという自覚はあったからだ。

(それに、おれがしんどいってことは……遼ちゃんだってそうだよな)

ちらっと横目に、きれいな顔の友人を眺める。気づいた遼一は「なに？」と微笑んで、やさしく目を細めた。脩の小さな頭を撫でてくれる慰める手のやさしさは甘い。手つきがひどく慣れていて、これって准にするのと同じかなあ、と思った。

「ねえ、春海ちゃん、相変わらず忙しい？」

「え？　あ、ああ。うん。忙しいみたいだけど……？」

唐突に脩が訊《たず》ねると、遼一はそのきれいな目をしばたたかせた。

「や……最近、憲之とろくに喋《しゃべ》ってもいなくてさ。ほとんど帰ってこないし。仕事だから、しかたないんだけど」

「ああ、そっか。わかっていてもさみしいよね。こっちも相変わらずだよ。准くんがもう、拗ねちゃって拗ねちゃって」

しょげかえっているのはそれでか、と苦笑した遼一も、同じ寂しさを感じているのだろうか。

（そうだよな、遼ちゃんのほうがもっと、ずっと、いろいろあるんだ）

遼一については、相手が籍を入れたいと言ってさえ来ているうえに、恋人の息子を本当の母か兄のように育てることで、自身の存在意義を見いだしてもいるらしい。だがそれもなかなか複雑なのではないかと脩は思う。

「仕事しながら子どもの面倒までみて、大変じゃない？　それで春海ちゃんは忙しいし、遼ちゃんそういうの、平気なの？」

脩が眉をさげて問いかけると、遼一は穏やかにかぶりを振った。

「准も春海さんも、家族になろうって言ってくれたから。俺はそれで、充分だよ」

「そっか……遼ちゃんがいいなら、いいんだけど」

嬉しげにする彼にも、いろんな時期があったのは知っているし、脩なんかよりよほど、思い悩んだ彼に、周囲もやさしい。

かつて、なんでおれはわがままって言われるのに遼ちゃんは可哀想って言われるんだと、冗談まじりで愚痴ったとき、憲之にこうたしなめられたことがあった。

――遼一さんの場合は、逆に、ほっとくと自分殺して尽くしすぎちまうからだろ。思いつめる性質だからな、皆川《みながわ》さんが先回りしてちゃんと甘やかさないと、自分で自分を追いつめる。なによりあのひとは、まずは皆川さん、まずは准くん、って優先しまくってるだろう。

仕事も生活も、彼と、彼の息子のためにって、そればっかりだ。

よくやるよ、と呆れまじりに同情していた憲之の言葉に、健気《けなげ》に尽くす遼一に比べたら、脩はきっと子どもで、わがままなんだろうと思ったのを覚えている。

（おれ、ほんとだめだなあ）

彼が我慢できているなら、自分もそうしなければ――とぼんやり考えていた脩は、続いた遼一の言葉に顔を強ばらせた。

「でも、岩佐さんの絡んでるプロジェクトは、先月、一段落したはずなんだけど」

「え？」

まったく知らなかった、と脩は目をまるくする。気づく様子もなく、遼一は言った。

「ほかにもなにか、忙しくしてるのかな？　いろいろ抱えてそうだし」

「え、あ……う、うん。そうかも」

もともと憲之は、春海のところと専属契約をしているわけではないし、あちこちから仕事を請けおっているのも知っている。けれども、あの状況はとても『一段落』と呼べるものではない。

（じゃあ、なにで忙しいんだ？）

事細かに自分の仕事のことを語る男ではないが、それでも大きな仕事に区切りがついたときは、脩にはわかる。体調や精神の管理も仕事の一環というポリシーの憲之は、必ずインターバルを取るようにしていたし、そういうときには打ち上げと称して、脩を食事に連れ出したりしてくれたからだ。けれどこの半年、そんなイベントは一度もなかった。

（いや、待て。何個かまとめて受けてたのかもしんないし、いちいちおれに言う必要だってないんだから）

瞼《まぶた》の裏に、ちかちかとあのファンシーなCDケースが明滅して、脩はぶるぶるとかぶりを振る。いやな考えを浮かべそうになった自分が、心底いやだと思った。

「……どうしたの？」

「な、なんでも……ない」

怪訝そうな顔の遼一は、様子がおかしいことだけは察したのだろう。追及しようと遼一が口を開きかけたとき、余呉がぼそりと口を挟んできた。

「遼一も、ひとの心配してる場合じゃねえだろが」

「余呉さん！」

棘のある余呉の言葉に遼一はさっと顔色を変え、脩は驚く。

「なにが家族になろうって言われたからいい、だ。あのこと、はっきり皆川さんに言えてもいないくせに」

「なに、なんか、あったの？」

「なんでもないよ、脩ちゃん」

ふだん、兄弟のように仲のいいふたりの緊迫感に、なにごとかと見比べてしまう。かぶりを振って言葉を拒むのを無視して、余呉は言った。

「なんでもなくねえだろが。皆川さんの親戚が、見合い話持ちこんで」

「見合い⁉　春海ちゃんに⁉」

「あったりめーだ。遼一に持ちこんでどうすんだよ」

鼻で笑う余呉の、丸眼鏡ごしの目は冷たく鋭い。無言でうつむいてしまった遼一は、さきほど脩を慰めていたときの笑みなどかけらもなかった。

「えと、たしか遼ちゃんと春海ちゃんの仲って」

「もちろん親戚には言ってないよ。春海さんは、カミングアウトしたっていいって言ってくれたけど……そこまでは、ね」

カウンターテーブルに肘をつき、指先を組んだ遼一は、そこに額を乗せて物憂げに笑う。無理のある笑みがせつなく、脩は思わず、さきほど自分がされたのと同じ手つきで、やわらかい遼一の髪を撫でた。遼一は、はかなさの滲む、けれど強い目をしてまた微笑む。

「ありがと。だいじょうぶだよ。こういうのもひっくるめて、覚悟してたから」

「嘘だよ、遼ちゃん、しんどそうだよ」

かなりまいっているのは間違いないのに、無理はしなくていい。脩が言うと、遼一は小さくため息をつく。しばらく黙っていたが、じっと見つめていると、ようやく口を割った。

「だいぶ前からなんだけど。春海さんには見合い話、けっこうあったみたいでね」

その手の話を持ちかける、しつこい親戚がいたと打ち明けられ、脩は眉をひそめた。

「春海ちゃんは、もちろん断ったんだよね？」

「うん……でもその話、春海さんから直接聞いた訳じゃ、ないんだ。春海さんは、俺にはなにも言うつもり、なかったみたい。だからよけい、申し訳なくてね」

「え、じゃあ、遼ちゃんは誰から聞いたの」

どういうことだ。眉をひそめる脩の質問には答えず、遼一は苦笑を浮かべて余呉を見る。

「余呉さんは、俺よりさきに、知ってたんでしょう？」

「……おまえには言えねえって、皆川さんがこぼしてたんだ」

脩は思わず余呉を見あげた。年齢不詳の店長は、渋面でかぶりを振っている。

——大人はいろいろ、複雑なもんが、あんだよ。

少し以前、ぽつりと脩にこぼした言葉は、そういうことだったのだろうか。なんだか苦しいような気分になり、脩はぎゅっと自分の胸元を握りしめる。

「あのババアがよけいな真似しなきゃ、俺だって言うつもりもなかったさ」

忌々しそうに舌打ちする余呉に、脩も顔を歪めた。

「ババア……って？　見合い持ちかけたひとのこと？」

「そう。皆川さんの親なんかは、もうあきらめてるらしいんだけど、伯母だかなんだかってのが頭硬くて、しつこくてな」

もともと、春海の妻、史恵《ふみえ》のほうから出ていった形になった件で、春海は表面上は『もう結婚はこりごりだ』という線で押し通していたらしかった。だが、どうもその親戚は、遼一が春海に取り入っているだとか、いろいろいやなことも言ったらしい。

「ちょっと、待ってよ。春海ちゃんがいない間に、言ってったの？」

「もともと、結婚してたひとだし……准くんを育てるには、女手もいるだろうって」

春海の不在を狙い、ちょこちょこと家に顔を出していたその親戚は、一向に埒《らち》が明かないからとこの店まで押しかけて、遼一に直談判《じかだんぱん》しにきたというから呆れてしまった。

「なにそれ、めーわく……」

「男の家政婦雇うような不経済するより、嫁もらうように言え、とさ。遼一のほうから辞めろとも言ったくらいだ、ありゃ薄々、なんか勘づいてんだろうな。准にも隠してねえし」

不愉快極まりないという顔を隠さない余呉も、見ていて腹が立ったと呻く。疲れた顔をする遼一に、脩はなにを言っていいのかわからない。おまけに、話はそれだけではなかった。

「俺はいいんだけど、准くんにも、いろいろね」

「なに言ったの、准に」

青い顔で脩が問えば、遼一ははっきりと不快な表情を浮かべた。あのきかん気の子どもを、彼は恋人と同じかそれ以上に大事にしていることを、脩はちゃんと知っていた。

ため息をつき、言いづらそうに遼一は口を開く。

「新しいお母さん欲しいでしょうとか、あんな得体の知れない男と暮らすなんて、とか。あと史恵さんの悪口も、相当。仕事ばっかりで子どもを放り出したとか、すぐ男作るなんて、あんな女は節操が……とか。それで准くん、ものすごく、怒っちゃって」

言葉を濁してはいたが、おそらく遼一もかなりいやなことを言われたのだろう。胃の奥がかっと熱くなり、脩は声を荒らげた。

「親の悪口なんて、いちばん言われたくないじゃん。なんなのっ、そのオバサン！」

准は父との関係を知ったうえで遼一になつき、父親をちゃんと慕っている。母親についても理解している。それらは他人が口を出す話ではないし、なにより准は色々過敏な年齢だというのに、なんてことを言うのか。脩が憤ると、なぜか余呉と遼一が苦笑を浮かべた。

「どしたの？」

「いや、まあ、おまえと准ってすっげえよく似てるっつうか」

「そのおかげで助かったっていうか」

脩が首をかしげると、今回の件で誰より爆発したのは、なんと准だったのだそうだ。

「准さ、ババアがまくし立てるのを、しばらーく黙って聞いてたんだけどな。そこの席で」

そこ、と余呉が示したのは、はめ殺しのガラス窓に隣接した日当たりのいい席だ。親戚と対峙《たいじ》した准は、遼一の顔が青ざめてくるにつれ、顔をどんどん歪めていったという。

「で、ぶっちゃけ、説得ってよりもただの悪口になってってたあたりで、ぶち切れてなあ。いきなり携帯を取りだしやがって」

「ケータイ？　なんで？」

まあ聴けよ、と思い出し笑いをする余呉は、もったいぶって言った。

「いきなり、ばばばっとメール打ちこんで、言ったことが、最高でな」

別れた母親の教育方針の、『個人の尊重』というむずかしいテーマを、きちんと体得している賢い子どもは、祖母ほどの年齢の大伯母に向かい、言ってのけたそうだ。

――いま、母さんに連絡をいれました。うちの母さんは、おばさんが言ったとおり仕事人間だし、自分のケンリとかうるさいしプライド高いです。たぶん、いまおばさんが言ったことを伝えたら、メーヨキソンで訴えるって言うと思いますけど。意味、わかりますか？

「大人みてえな顔して、冷静ーに言いやがってよ。あげく、ババアがぽかんとしてたら」

――黙れっつってんだこのクソババア！　おれの家族の悪口言うな、うんこたれ！

「……って啖呵《たんか》切りやがった。クソババアさまは真っ赤になって怒って、帰っちまったよ」

「じゅ、准かっこいー！　よく言った！」

思わず脩が興奮気味に腰を浮かすと、遼一は複雑な顔で頭を抱えていた。余呉は面白そうににやにやと笑っている。

「おまえどこで覚えたんだその台詞《せりふ》、つったら、史恵さんの入れ知恵だったみたいでな。たいした母ちゃんだよ、あのひとも」

春海の親族の面倒さを誰より知っていた史恵は、おそらくこうした問題が起きることも考えていたのだろう。表向きの離婚の理由は、史恵が自分の仕事にかまけたあげく、男を作ったということになってしまっている。だが、じつのところ夫婦の不和は、春海のセクシャリティが発覚したことに端を発するものだ。

「ダンナがゲイで離婚したなんて、女としてのプライドが傷つくから、自分が泥かぶったほうがマシって根性はちょっとすげえよ。おまけに息子にそんな長台詞覚えさせるってんだから、まあ変わった女だと思うが……」

ふっと息をつき、笑いをおさめた余呉は、「でもまあ、むずかしい話だな」とつぶやいた。遼一もかすかに目を伏せていて、まだなにかあるのかと脩は首をかしげる。

「この間も知りあいが擬装婚ってか、女選んでな。いろいろ気が重かったよ」

春海と遼一などは、まだ恵まれているほうなのだとつぶやく余呉に、脩ははっとなった。

「え、それって相手の、お嫁さんになるヒト、そのこと、知ってるの？」

「いや。でもバイよりのやつだったし、社会的に抹殺されるよりは、少し我慢すればいいからって、な」

折り合いをつけて生きていかなければならない人種も多い、とつぶやく余呉の声は重かった。遼一も脩も無言になり、それぞれが痛みの多い沈黙のなかにいた。

（あいつも、そうだったなあ）

思い出すのは、憲之の前につきあった彼のことだ。世間体を気にして結婚したけれど、うまく行かなくて、別居したあと脩を拾ってみたものの、専業主婦だった奥さんほどには家のことを頼めない脩にイライラして――あのあとのことはよく知らないけれど、噂で、結局は奥さんのところに戻ったのだと聞いた気がする。

「しがらみから抜けきれないやつってのは、やっぱり多いしな。隠れの連中も、むろんな。皆川さんなんかは、頑張ってるほうだと思うぜ」

「あんまり、がんばりすぎなくても、いいんだけどね」

遼一がぽつりと言うのに、余呉はその頭を軽くはたいてたしなめた。

「准にあそこまで言ってもらって、まだ言うか。わかってんのか？　あいつの言った家族のなかに、おまえのことは入ってんだぞ」

「わかってるよ」

すべてを納得しきれたわけではない顔で、それでも遼一ははっきりとうなずいた。疲労は滲むけれど、折れてはいない横顔を見つめ、これならだいじょうぶか、と脩はほっとする。

そして、自分はどうだろうかと思った。憲之がもしも、こうした面倒ごとを持ちこんできたときに、逃げずに一緒に立っていられるだろうか。憲之が社会的に責任ある仕事をしたいと思っているのならば、自分の存在は邪魔なんじゃないのだろうか――。

考えこんでしまった脩に気づいて、遼一は「話が逸れたけど」と表情をあらためた。

「脩ちゃんも、なにかありそうだけど。思いつめる前に、話、しないとだめだよ」

「え……？」

「俺もそれは、失敗しそうになったから。ひとりで考えこんじゃ、だめだよ」

やさしい顔で諭す友人に、脩はどきりとした。

子育てに親戚のプレッシャー、それを抱えてすら、遼一は春海と生きていきたいのだとはっきり言った。こんなふうに、自分も憲之を信じたいと脩は思う。

「うん。……そうする。ちゃんと、話す」

こくりとうなずくと、遼一はふわりと微笑み、少ししたたかな気配をのぞかせた。

「まあ、今回は春海さんに、俺が言いたいけどね。どうして黙ってたの、って」

「あは、それは絶対言わないと」

笑いながら、脩はいま耳にした言葉たちをゆっくりと嚙みしめた。

憲之はフリーとはいえ、脩のような、ある種ゆるい仕事に就いているのではない。どこから大きな仕事が入ったりした際、なにかの絡みで、それこそ春海のように結婚を勧められることもあるだろう。

セクシャリティを隠して生きなければならない、そういう可能性が、まったくゼロではないはずだ。

（でもきっと、憲之なら、それならそうって言ってくれる）

かつて会社員だった時代、派遣から派遣で飛ばされ、そのあがりを上層部が吸いあげているシステムがもっとも不愉快だったと憲之は言った。

――実働に見合った報酬が欲しいって以上に、俺は嘘や不正やごまかしがだいきらいだ。厳しいし口が悪いけれど、彼はけっして嘘はつかない。出会ってからいままで、ずるく体裁を整えるような真似だけは一度もしなかったし、脩にもさせなかった。

たかが半年のすれ違いで、キャラクターグッズを見つけた程度で、憲之を疑ってはいけない。そんなことをするくらいなら、本当に脩は誰も信じられなくなる。

――信じるってねえ、根拠いらないんだよ。なんにもないから信じるんだよ。

あのときの言葉を、しっかりと胸に持って、憲之を待とう。

「だいじょうぶ。おれ、憲之、だいすきだから」

不安を嚙んで飲みこんで、脩はにっこりと笑ってみせた。

遼一は穏やかな目でそれを受けとめ、ゆっくりとひとつ、うなずいた。

＊　＊　＊

遼一たちと話してからも、日々はとくに変わることはなかった。憲之との連絡は、相変わらず洗濯物のやりとりに終始するありさまで、電話の一本もろくにない。

ここ一週間のうちに顔を見たのは二回だけ、それも死んだように眠っているさまをそっと覗きこんだだけだ。

寝顔を見ながら、やつれているのに気づいて泣きそうになった。身体は丈夫と言う憲之だけれど、こんなことばかりしていたら、本当に倒れてしまうんじゃないかと怖い。

（いつまで、こんな生活、続くんだ？　憲之、だいじょうぶなのか？）

ぐらぐらと気持ちが揺れそうになることも、なくはなかった。そっけないメールが来るたびに思わず「浮気するぞ」とひとりごとを漏らすけれども、本当にできるわけもないし、する気もなかった。

「シフトの時間……変えよう、かなあ」

深夜作業が多いのはお互い様だが、せめて脩がもう少し、時間に都合がつく仕事ならよかったのだろうか。それとも、そんな理由でせっかく勤めている仕事場に迷惑をかけるなんてと、憲之は怒るだろうか。

話をしろ、と遼一は言ったけれども、目の前に相手がいなければどうにもなりはしない。

そうして悶々《もんもん》と悩んでいるうちに日はめぐり、本日はまた予定のないオフが来た。

よく晴れていて、気持ちのいい空を、リビングにころりと転がって見あげる。ベランダには、朝から洗濯してひさしぶりに日に当てたシーツがはためいていた。

「すること、なくなっちゃった」

昼寝をする猫のようにクッションを抱えてつぶやく。

このところ、どうせ憲之はいないからと最低限の休みしか取らないようにしていたのだが、それこそ脩が「働き過ぎだ」とアーキオーニスの店長に叱られたのだ。

――ちゃんと休むときは休まないと。リフレッシュしろよ、娯楽に関わる仕事してるやつが不景気な面《つら》してちゃ、つとまらんだろう。

小言めかして言われ、ありがたいとは思いながらも、ひとりでいるより忙しいほうがずっといいのにと脩は内心思っていた。

休んでいるより働くほうがマシなんて、本当に自分は変わったと思う。以前の脩なら、彼とうまくいかなくなったら、適当に夜の街に出て、時間を潰《つぶ》したり遊んだりできた。でもこの数年で、すっかりそんなことがつまらなくなってしまったのだ。

ボガードに行こうにも、この日は水曜日で定休日。遼一を呼び出そうかと思ったが、おそらく准の世話やらなにやらで忙しい彼のオフを潰すのも忍びない。

仕事場の友人らは、むろん出勤日で、ますます誰にも相手してもらえない。またよしんば、暇つぶしの相手が見つかっても、出かける気分にはなれなかった。

(憲之いないと、なんにも楽しくない)

かまってくれたりしなくてもいいから、せめて目に見える位置にいてほしい。今度顔を見たらそう言おうと思って、『今度』なんか本当にあるんだろうかとため息をついた脩は、めずらしくも家の電話が鳴っていることに気がついた。

よっこらしょ、と気分のせいで重たい身体を起こし、脩は子機を取りあげた。

「はい、もしもし」

同居しているために、名前は名乗らない。どちらあての電話かわからないし、家電《いえでん》にかかってくるのは、大抵は憲之の仕事相手からの連絡だからだ。気のない声で型どおりの言葉を発した脩は、受話器からのつっけんどんな声にどきりとした。

『脩、おまえ携帯鳴ってたろうが。出ろよ』

「え、の、憲之？」

なにもそこまで驚かなくても、と自分で引くほどにどっきりして、声は思わずうわずった。

『さっきから、何遍鳴らしても出やしない。まさかと思って連絡したけど、いてよかった』

「あ、ごめん。昨日、仕事中から、音消してて……」

プライベートな連絡など滅多に入らない状態だったから、そのままにしていた。しどろもどろの脩にかまわず、憲之はさくさくと言いたいことを言う。

『仕事部屋にCDケース置きっぱなしになってる。打ち合わせ先まで持ってきてくれ』

「え、なにそれ。おれの都合とか――」

『どうせ家にいて暇だろうが。頼んだぞ、机のうえの紙袋に入ってる。場所は携帯にメールしとくから。タクシー使っていい、急いで来てくれ。じゃあな』

「ちょっ、ちょっと、ま……！」

待て、と言う前に電話は切られた。しばし脩は呆然《ぼうぜん》となり、むかむかと腹が立ってくる。

「な……何日ぶりの会話だと思ってんだ、あの男は……っ」

叩きつけるように子機を放り投げ、それでもまっさきに向かうのは自室だ。携帯電話を放りこんだままのバッグをあさると、すでに場所を指示するメールが届いている。それから、着信履歴が二本ほど。

「なにが、何遍も、だ。たった二回の電話でキレて、命令すんなっ。短気！　横暴！」

ぶちぶちと文句を言いながらも、これから会えると思ったら少し浮かれた。携帯メールの場所を確認しつつ憲之の仕事部屋に向かうと、大手携帯電話会社のロゴが入った小振りな手提げつき紙袋がちょこんと置いてあった。これか、と中身を覗きこみ、脩はその瞬間、ゆるんでいた唇がびくっと引きつるのを知った。

「これ……」

そこに入っていたのは、例のキャラクターグッズのＣＤケースだった。しばしそれを凝視したのち、脩はこくりと息を呑《の》む。

（届けろって言って、見えてもかまわないようにしてあった。だから、本当に憲之には、なにもやましいことがないんだ）

そんなことわかっているのに、言い聞かせないと手も動かせない自分が、ひどくまいっているのだなと自覚する。だが、ぐずぐずしている暇などない。指定された場所までは、このマンションからは三十分はかかるのだ。

顔をあげ、小さな紙袋を摑んだ脩は、そのまま携帯と財布だけを持って、部屋を出た。

タクシーを使えと言われたものの、渋滞にはまる可能性を考えれば電車のほうがマシだ。携帯メールで指定されたのは、オフィス街にある喫茶店。以前に聞いたことのある、春海の勤める会社がある街とはまったく違うそれに、脩のなかのもやもやは重くなる。

(やっぱり春海ちゃんとこの仕事じゃ、ないの?)

なにがなんだか、と思いながら、携帯ナビを使って目的地にたどり着く。クラシックな雰囲気ながら、こざっぱりとおしゃれなその喫茶店に一歩足を踏み入れると、入り口付近から声がかかった。

「脩、こっち」

憲之の声に振り向いて、脩はそのまま固まった。——憲之のいる席の対面には、にっこり微笑むきれいな女性がいたからだ。

(あたま、よさそうな、おんなのひと、だ)

スーツを着た憲之と、落ち着いた彼女は見た目にもお似合いで、脩はなんだか腰が引けてしまう。対して自分はと言えば、プリントジーンズにTシャツという、いつものちゃらっとした恰好だ。ぐずぐずとためらっていると、少し苛立ったような声で「なにしてる」と憲之が呼びつけてきて、渋々脩はそちらに近づいた。

「あの、これ、持ってきた……」

「すぐ終わるから、ちょっと待ってろ」

紙袋を受けとった憲之は、脩を隣に座るようにと手招いた。いいのかな、と横目にうかがうけれども、すでに彼の視線は前を向いている。

「岡田《おかだ》さん、こちらお借りしていた基礎データです。戻しが遅くなりまして、申し訳ありません。おまけに肝心のものを忘れて、失礼しました」

「いいえ。問題ありませんから。こちらこそ無茶言ってすみません」

問題のケースは、あっさりと目の前の女性に渡された。

「昨日付で、例の件については終了しました。一応すべて、ROMのなかに入れてあります。デバッグも済んでますし、あとは実働してみてから、なにか問題があればご連絡いただけますか」

「了解です。急ぎでお願いしたのに、仕上げていただけてありがとうございました」

会話も非常に事務的で、すでに引き渡しだけのようだ。意味のわからないやりとりを黙って聞いていた脩は「あれ」と首をかしげる。

仕事の話なら、黙っておとなしくしておこうかと思っていた。だが、ちらちらとうかがう脩の様子に気づいた憲之が「なんだよ」と声をかけてくる。

「あの……それ、このひとの、なの？　憲之の私物じゃ、ないの？」

喋ってもいいらしいと判断し、おずおずと口を開くと、憲之はなにを訊くんだとむしろ怪訝そうな顔になった。

「俺がこんなカワイイもん使うかよ。データ預かるとき、入れ替えるのは面倒だから、そのままケースごと借りてただけだ」

「あ、そ……そうだよね。うん、そうだよね」

呆れたような憲之の声に、脩は安堵で脱力してしまう。このケースを見つけて以来、ずっと引っかかっていたものが、すうっと胸から消えていく。やっぱりつまらない嫉妬《しっと》で目が眩《くら》んでいたらしい。

やはり遼一の言うとおりだ、ひとりで思いつめてもろくなことにならない。こんなにあっけなく終わることなら、さっさとメールででも誰のものかと問えばよかったのだ。

(よかった、ただの勘違いで)

ほっと息をついた脩の姿を面白そうに眺めていた岡田は、きれいな色を塗った唇を、にんまりと笑わせた。妙に目がきらきらしていて、脩は思わず顎を引く。

「岩佐さん、だめですよ。彼、なんか誤解してたみたいですよ」

「誤解？」

なに言い出すんだこのひと。脩が大きな目をさらに見開いて、ついでに口もぽかんと開いて見つめたさき、岡田はさらに笑みを深くする。

「おおかた、女性からプレゼントもらったとか、そういうふうに思ったんじゃないの？」

「……はあ？」

岡田の言に思いきり怪訝な顔をした憲之とは対照的に、脩はびくっと肩をすくめた。

「おまえ……」

眼鏡越しの冷たい目が、心底呆れたように細められるのを知り、ますます脩は縮こまる。

「怖い顔しちゃだめですよ、岩佐さん。ちゃんと安心させてあげなきゃだめじゃない？　わたしにこんなものまで頼んでおいて」

にやっと笑った彼女は、手元から封筒を取りだして憲之に差し出す。一瞬だけ、隣の男の気配がぎくりとしたような気がしたが、脩はかまっていられなかった。

岡田が手にした封筒には、かつて脩が行きたいとダダを捏《こ》ねていた、あのレジャーランドのロゴがあった。

「例のホテルと、ゲートパスのセットです。ほんっとに、取るの面倒なんですからね、あそこ。しかも、繁忙期にいい部屋三日も押さえろなんて言うし」

「その代わり無茶も聞いたでしょうが」

「まあ、そこはギブ&テイクってとこですね」

彼女は旅行代理店の女性で、利用しているシステムの乗り換えについて、憲之に無茶な日程で作業を頼んだのだと聞かされ、脩はますます目をまるくする。

「でもまあ、こんなかわいい子のためなら頑張るわけか。いいなあ」

「えと……あの……」

岡田は、どこまでも平然としたままだ。話を聞いていると、まるで脩と憲之の関係を承知で言っているかのようにしか聞こえなくて、脩は混乱してしまった。

(え、なに。なんかものすごナチュラルに、冷やかされてない?)

いったいどういうことなのか、本当にいいのかと、脩がおろおろしながらふたりを見比べていると、岡田が「あれ」と首をかしげた。

「ごめんなさい、もしかしてあなた、シュウくんじゃないの?」

「いえ、おれ、脩……ですけど、あの、その」

だよね、と再度微笑んだ岡田は、なぜ自分の名前を知っているのか。いったいなにがどうなっているのかと脩がうろたえまくっていると、彼女ははたと目を瞠る。

「あれ、いやだ。もしかしてシュウくん、岩佐さんがカミングアウトずみって知らないの?」

「え？　え⁉」

思いも寄らない言葉に脩は目を瞠った。あげく憲之は、平然と言ってのける。

「……言ってなかったか？」

「し、知らないよそんなの！　だいたい、なんでおれの名前までっ」

「いや、カレシの名前なんだって言うから、脩だって答えた」

それがどうしたと言わんばかりの態度に、頭が痛くなってきた。ここしばらく、ナイーブに考えこんだすべてが、本当にあほらしくも思えてくる。

（でも、そうだよな……前も、止まり木に、仕事相手のひと迎えにこさせてたし）

考えてみれば、この男は自分の家族にさえも理詰めでゲイだと説明し、納得してもらったような人間なのだ。職場でもその筋を貫くに決まっている。

いまさら隠すような真似をするわけはないと、妙な安堵と脱力感とともに脩は納得した。なんだか気が抜けて、ずるずると椅子の背もたれに身体を預けた脩を眺め、岡田は笑う。

「うちの子たちが合コンに誘っても、『俺はゲイなんで』って断られてばっかりで。女よけの嘘じゃないかって疑ってるのがいるから、今日、確認しろって使命を請けてきたのよ。ほんとに脩くんが来たら、このホテルの件、格安で処理してあげるって約束で」

だからわざわざ、呼び出しかけてもらったんだけど。けろりと言う岡田に、脩はなにを言えばいいのかわからない。憲之もまた、驚きを隠せない顔をしていた。

「じゃあ、さっさと持ってこい、後日じゃなく、いますぐ脩に持ってこさせろって急《せ》かしたのはそんな理由ですか？」

「あたりまえじゃないの。終わった仕事のデータなんか、急いで欲しいわけないじゃない」

「物見高い……」

岡田の台詞に、憲之が舌打ちをする。あまりの顛末に脩が呆然としていると、憲之は岡田の手から封筒をひったくるようにして受け取り、「ほら」と差し出してくる。

「なくすなよ、それからその日ちゃんと、休みとっとけ」

ちっとも気が進まないような顔の憲之の顔には、濃い疲労の色があった。こんなもののために、イレギュラーの仕事を突っこんだうえ、ほったらかしにほったらかしてくれたのかと思うと素直に喜べない。

なのに封筒と憲之の顔を見比べているうちに、じわあと涙が滲んできた。

「お、おれにだって、都合、とか……っ」

「決定事項だ。……こんなところで泣くなばか」

憲之がじろりと睨む。脩があわてて洟をすすると、乱暴に頭を撫でてきた。

(岡田さん、いるのにさ)

ちっとも甘くないくせに、こういうときの憲之は、脩の存在をけっして恥じないし、悪びれない。それだけで、放置プレイもいいところだった半年が、全部許せる気がした。

＊　＊　＊

岡田と別れ、ふたり揃って家路をたどる途中、いろいろと話をした。

ホテルに泊まる休みを取るため、調整しようとしたら、却って仕事が詰まったこと。

いま憲之は自分で会社を作ろうと思っていて、そのための根回しも大変なこと、そのついでに岡田に、ホテルと入場パスの手配を頼んだら、よけいな仕事が増えたこと。

といっても憲之は自分から語るタイプではない。この半年の行き違いを埋めるように、脩が質問責めにあわせたのだ。億劫《おっくう》そうな顔をしつつも、さすがにほったらかしにしすぎた自覚はあるのか、憲之はぜんぶ答えてくれて、おおまかな事情を聞き終えるころには家にたどり着いていた。

「今日は、もう仕事ないの？」

「やっと終わったからな。まあ、明後日《あさって》からはまた、別件があるけど」

めずらしくも素直に疲れたとこぼし、憲之は居間のソファにどさりと腰かける。のろのろとネクタイをほどく長い指を眺め、ぽつりと脩は言った。

「あんなの、覚えてると思わなかった」

「なんだよ。おまえが行きたい行きたい言ったせいで、あのおっかねえ女に借り作ったんだからな」

憲之はぶすっとしたまま、頭を小突いてくる。けっこう痛いと思ったが、さすがに文句を言う気にはならなかった。

「岡田さん、おっかないの？」

「見てわかんなかったのかよ。ちょっとでも弱み見つけたら、死ぬまで握って搾り取るタイプだぞ、あれは」

封筒の中身をよくよく確認したら、ホテルでも数室しかないというスイートだった。この封筒自体が、スイート御用達の客専用の、確認通知だそうだ。

「高いんじゃないの……？」

「そこの部屋に泊まってみたいっつってただろうが」

「お、男同士で行くの、ヘンくない？　ホテルのひと、おかしく思わないかな」

脩は腰が引けたけれど、憲之はなんでもないことのように言う。

「何十万人も押しかける、日本最大級のレジャーパークだろうが。ゲイが混じってなにが悪い。だいたいホテルはサービス第一だ、セクシャリティ差別があるような教育はされてねえだろ」

本当に、これっぽっちも脩との恋人関係を恥じない憲之には、ただ圧倒されるしかない。

「ただ、あのホテルは部屋を取る手続きがクソ面倒でな。空室確認の電話もたらいまわしで、途中でうざくなって。簡単に取れないかと思って岡田さんに相談したら、いっさいの手続きやってやるから、突発でひとつ、仕事請けてくれって言われたんだ」

なんでもないことのように言うけれど、すごく大変だったのは顔色でわかる。ごめんと言えばいいのか、それとも、とためらって、脩はけっきょく素直な気持ちを口にした。

「ありがと。すごく、嬉しい」

憲之はその言葉に、黙って肩をすくめただけだった。自分が褒められたり礼を言われると、いつにも増してそっけなくなる。そして絶対に、いらぬことで反撃してくるのだ。

予想に違《たが》わず、眼鏡の奥の目をにやりと細めて、憲之は言った。

「さっき岡田さんがなんだか言ってたが、あのケース、誤解したのか」

「……ちょびっと」

いまさら取り繕えもせず、脩がぼそぼそと返事をすると、憲之は嫌味な笑いを深めた。

「ほお。妬《や》くほど俺が好きだと思わなかったな」

けろっと言われて、頭に血がのぼった。軽い言葉で、ここしばらくのあのどんよりした気分を一蹴《いっしゅう》しないでほしい。たとえくだらない誤解でも、脩にとっては本当に、胸が絞られるような痛い思いをしたのだ。

「妬くに決まってんだろ！　おれ、憲之のこと、だいすきなんだからな！」

「……そりゃ嬉しいな」

やけくそまじりに言ってやると、めずらしくも本当に嬉しそうに笑われた。一瞬見惚《みと》れそうになりつつ、脩はぎりぎりと歯がみする。

「嬉しくないよ！　おれ、すっごい、やな気分だったっ」

妬かれて嬉しいなんて言うな。こんな気持ちの悪い、せつなくて哀しい思いなんかまっぴらごめんで、本当に本当に、味わいたくなんかない。

「ばかすぎてほっとけないって言ったの、憲之じゃん！　だから、おれのことほっといたらだめじゃん！　管理不行き届きじゃんかっ」

「ああ、そうだったな」

大股《おおまた》に近づいて憲之の膝に乗りあがり、どん、どん、と拳で胸を殴った。

「顔色はどんどん悪くなるし、顔見れないし、おれ、洗濯要員みたいだし」

変わらない余裕の表情に、結局好きなのはこっちだけなのかとせつなくなる。言いつのりながら、本当に、本当に寂しかったのだと実感して、広い胸をばしばし叩いた。

「憲之に会わないのにも、なんか、慣れてっちゃうみたいですごく、やだったのに。わかってんの？　五分以上喋ったの、どんだけぶりか!?」

「わかんねえ」

こんなに怒っているのに、どうしてか憲之は笑ったままだった。代わりに、脩のわめき散らす声をうるさいとも切り捨てず、くだらない嫉妬だとばかにしたりもしない。

「わかれ、ばか！　半年もほっとかれて、キスもしてくんなくて！」

「してえの？」

「違うよ！　もう、もうこれで、終わりかなって思っ……ん」

もっと文句を言ってやりたいのに、不意打ちで腰を抱かれた。そのまま強引に口づけられて、頭も顔もぐちゃぐちゃになった。

唇が乾ききっていた。物理的なことではなく、憲之に飢えていた。そんなことも全部お見通しだというように、器用でやらしい舌が脩の唇のうえを這《は》いまわり、強情につぐんだ隙間をこじ開けて、ちろりと歯茎を舐められる。

全身が、一気に潤う気がして、それは瞼にも表れた。

「……なに泣きそうになってんだよ」

「だ、だってキスすんの、すげえ、ひさしぶりだったから」

そうだっけ、と目を瞠る憲之の男らしい顔。いとおしくて、だから憎たらしいと脩は口を尖らせた。

「憲之、それどころじゃなかったじゃん。ずっと、おれなんかいるのかいないのかも、わかってんのかよって感じで」

「ああ、悪かった悪かった。そんな顔すんなって」

「……いっぱいキスしてくれたら許す」

「はいはい」

面倒くさそうに言いながらも、膝に乗りあがっていた身体が抱きなおされる。そのあと、脩の好きな気持ちのいいキスをいっぱいしてくれて、ついに眦《まなじり》からはぽろりと雫《しずく》が落ちる。

「……なんで泣く」

「憲之、お願いだから、捨てないでよ」

めそめそしながら訴えたら、「それも意味がわかんねえな」と情緒もない言葉で切り捨てられる。けっこう本気で言ったのに、これで放り投げられたらどうすればいいかわからない。

だが、哀しくてもっと泣きそうになった脩に、憲之は言った。

「俺は、おまえの面倒まるごとみるつもりで、この三年やってきたんだけどな」

どういう意味だろう。きょとんと目をまるくすると、最初に言っただろうと憲之は言う。

「おまえとはじめてホテル行く晩、俺が言ったこと、覚えてるか」

「え、えと。試してやるって……」

そこじゃねえよ、と笑って、憲之はあの日の言葉を繰り返す。

「きっちり綿密に人生設計立ててから手ぇつける。……俺は、そう言ったろ」

「え……？」

心臓が、どきゅんとかばきゅんとか、ものすごい音を立ててひっくり返った。どうして、そんなまさか、と考えるより早く、顔が茹《ゆ》であがってしまう。真っ赤に染まった頬《ほお》を、いつものように指先につまんで好き放題いじりながら、憲之はため息をついた。

「俺はおまえに出会うまで、ばかにプライドがあると思わなかったんだ」

「ひどい！　なにそれ！」

ちょっとないほど甘い言葉かと喜んだ直後にこれだ。思わせぶりにするのはたいがいにしてくれと脩が目をつりあげると、憲之はおかしそうに笑った。

「俺の嫌味とか、悪意のある言葉だけは敏感に反応する。そのくせ、表面だけやさしそうにしてるナンパには、ほいほい尻尾《しっぽ》振ってなついてって。そのうち殺されても知らねえぞって、ずっと思ってた」

最初はあまりの危なっかしさに呆れただけだった。毎度毎度懲りずに同じコトばかり繰り返して泣いて、なんて学習能力がないんだとも思っていたと憲之は言う。

「じゃあ、なんでいちいち、口出ししたの」

「おまえ、なんかすると絶対、ありがとうって言うだろ。飯おごっても、ごちそうさまって」

そうだっけ、と無意識の脩は首をかしげる。ごくあたりまえに口にしていることなので、とくに覚えてもいなかった。

「タカシとかいうやつにふられたときも、さんざんアホかっつったのに、ありがとうとか言いやがって。ただの軽薄なやつだと思ってたのに、印象が変わった。……寝てみたら、意外にかわいいと思ったしな」

　ふっと色のある目で見つめられ、ひさしぶりに聞いた『かわいい』に脩はまた赤くなる。滅多にその手のことを言わない憲之の言葉だけに、破壊力はすごかった。

「あとな。浮気しないって言ったろ。嘘つきはきらいだって」

「？　ウン」

「俺は、それがいちばん、いいなと思ったんだ。なんだ、すれてねえじゃんかよって」

　言って聞かせれば、脩は思うより素直だった。なりゆきまかせのセックスからお試しの三ヶ月、ふつうの『オツキアイ』の一年でしっかり見極めて、根は純粋で騙《だま》されやすい脩が、ほうっておけなくなったと憲之は言う。

「だから会社作ったら事務員として雇ってやるから、とりあえずエクセルの扱い覚えて、簿記と経理の資格取れ」

「え、な、ちょ、ちょっと待って！　おれ、エクセルとかわかんないし、パソもぜんぜんっ」

　なにがどう、『だから』なのだ。唐突に提示された人生設計に、脩は目をまるくする。

「苦手意識があるようだったから、タイピングゲームも作ってやったんだ。とりあえずデータ入力だけならできるようになっただろう」

「あ……あれって、そういう意味で」

「俺が、ただおまえを遊ばせるためだけに、あんなオモチャ作ると思うのか？　時間無駄にしてる暇なんかないだろ。ぼちぼちクリアできるようになったし、あと一年以内にエクセルも覚えろよ」

当然のように言われて、眩暈がした。たしかに言われてみれば、この能率と効率を気にする男が、脩の暇つぶしのためにゲームなどよこすわけがない。

「もう、俺の人生設計のなかにおまえが入ってんだ。会社の立ちあげも、来年には目処《めど》がつく。よって、予定変更はなし」

「そんな、無茶な――」

毎度の俺さまぶりで言いきられ、反抗心が湧《わ》いたのは一瞬。言葉の本当の意味がわからないほど、脩は憲之を知らないわけではなかった。

(人生設計って、二度も言った)

それはつまり、流れと勢いにまかせてホテルに乗りこんだ晩からとっくに、はじまっていたということだろうか。そして脩のまわりがよくない頭では想像もつかない、ずっとずっとさきまで、憲之は考えていてくれたということだろうか。

(しかも、ただ遊ばせるためだけに、オモチャは作らないって言ったくせに)

テーブルに置いた封筒を、じっと見る。これだって、脩は本気じゃなかった。なかばあきらめながら、ただ憲之にかまってほしくてわがままを言っただけだ。本当にあんなところに連れていってくれるなんて、考えてもいなかったのに、憲之はホテルの予約までおさえてみせた。

そしてこの半年は、三日という休みを確保するための埋めあわせの時間だったのだ。憲之のスケジュールがどれだけ立てこんでいるのかは、誰より脩が知っている。

ぐう、と喉《のど》が鳴った。このままでは本気で泣いてしまいそうで、思わず脩は叫んだ。

「わ……わかりにくいっ」

「なにがだ」

「憲之、おれのこと好きなんだろ！　もう、むちゃくちゃ愛しちゃってるだろ！」

恥ずかしさと嬉しさと、思い悩んだ時間のばかばかしさに、頭がぐちゃぐちゃだ。誰がこまでしてくれと言った。しかもなにも言わず、ありがたみを覚えろとも押しつけず、まるであっさりと放り投げてくるから、どう応えればいいんだかわからなくなる。

「こんな面倒くさいことする前に、ひとこと好きって言え！」

周到な根回しをして、じつのところものすごく甘いくせに、なんでわかりにくくするのだ。脩なんて、軽い言葉ひとつで、もっと簡単にその気にさせることができるのにと訴えると、憲之はぐっとつまってそっぽを向く。

「……いまさら、言えるか。そんなこっぱずかしい」

「なんでっ！」

「なんでって、おまえ、俺にそういうの言われて嬉しいか？」

「嬉しい！」

きっぱりと声をあげて即答する脩を、うさんくさそうに憲之は見る。

「それが、つきあいはじめのころでもか？　違うだろ。俺もおまえも、あのときには別に、そんな言葉とか欲しいとも思ってなかったろ」

問われてみると、年がら年中叱られていた相手にそんな甘い言葉など告げられたら、面喰らうばっかりだったかもしれない、と脩も思える。

「でも憲之、おれが妬いたら嬉しいって言ったよ」

「ああ、まあな」

「それ、好きってことだよな？」

甘ったるいムードを作るようなのも、いまさらに思えたのかもしれない。ただ、気持ちが最初から盛りあがっていたところで、憲之がそんなものを作るとも思えないけれど。

「そりゃ、最初に言われたら、嘘くさいって思ったかもしれない。でも、いまは、言ってほしいよ。ちゃんと、そういうの実感したい」

「言えって言われてもなあ、いまさら……」

「いまさらじゃないってば！　そういうの大事なんだから！」

お願いお願い、と胸元を摑んで額をぐりぐり押しつけた。再三頼みこんだけれども、憲之は口をへの字に曲げたまま、黙りこんでしまう。

「……それとも、好きじゃないの？」

「おまえなあ。たいがいしつこいぞ」

「だって、だってさ……」

泣き落としをするつもりはなかったが、脩の声はだんだんしょげてしまう。うつむき、憲之の鎖骨のあたりに額を押しつけた脩が声をつまらせると、頬に長い指が触れる。

ひんやり乾いたそれに、頬を撫でられ、湿った目尻をさすられ、唇をつままれた。顔をあげると、じっとこちらを見つめている憲之の目がある。

あ、キスされる。思った次の瞬間には、唇が重なっていた。

「ん……」

さきほどよりもっと濃い、ねっとりしたキスだった。鼻先に眼鏡が当たって痛いし、口腔は煙草の味がして苦いけれど、そんなものはすぐに唾液に洗い流されて、気にならなくなる。なにより、ずっとお預けをくらっていた恋人らしい接触に、脩はあっさりと流された。

考えてみれば、会話の合間にもずっと抱きしめられていた。これだけの接触でもひさしぶりで、うっとりと意識がゆるんでしまう。

（気持ちいい）

憲之のさらりとした髪に指を差しいれ、整えてあった前髪を崩す。ネクタイをゆるめたシャツの隙間から、ぬくもりと一緒に肌のにおいが感じられて、ぞくりと腰が震えたとたん。

「んにゅっ⁉」

いきなり奥まで舌が突っこまれて、音を立てて出し入れをされた。言葉ではなく、身体を求められているのがわかる卑猥な動きに、脩は喉声をあげて身悶《みもだ》えたが、ふと気がつけば、憲之の手は平たい薄っぺらい胸のうえを、ずっと撫でまわしていた。

「なんで……そこばっか、触るの」

「脩の乳首、気持ちいいんだよ」

執拗《しつよう》な指のおかげで敏感な突起はぷくりと硬くなり、シャツを押しあげて影を作っている。見おろして、かなりやばいと自分でも思う陰影に、頬が熱くなった。

「くすぐったいからやめろってば」

「くすぐったい？　ふうん」

言ったとたん、憲之は意地の悪い顔でにやりとする。あ、まずいと思ったとたん、シャツの布ごしに乳首をかりかりと引っ掻《か》かれて、掻痒《そうよう》感の強い刺激に脩は息をつめた。

「や……だ……」

じんじんする痺《しび》れが、腰を直撃する。逃げようとしたら身体を反転させられ、背中から抱かれたままうなじに何度もキスを落とされた。

「腰、浮いてる」

「いちいち言うなっ」

ひさしぶりに触れられたせいで、体温を感じるだけでもまずいくらいなのに、そんなやらしいことしないでほしい。じたばたと暴れていると、いきなり下着のなかに手を入れられ、ぎくっと脩は固まった。

「や……っ」

「心音あがったぞ」

指先はずっと、脩の先端を揉《も》むようにいじっている。なにも言うなと必死に気配で訴えたのに、ふっと小さく笑った憲之は、耳に嚙みつくなりあの声で言う。

「……ぬるぬる」

「ばかっ！」

「痛くないか、これ。おまえ」

いちいち指摘されるまでもない。張りつめきったそこは、皮膚が突っ張るみたいに痛い。どれだけほっといたのか、自覚はあるのかと怒鳴ってやりたいのに、もてあそぶ指が悪すぎて、いま口を開いたら甘ったるい声しか出ないだろう自覚もあった。

真っ赤になって目をつぶり、ぶんぶんと無言で首だけ横に振っていた脩に、憲之は囁いた。

「脩。風呂入って、きれいにして、ベッドに来い」

「だ、から、なんで、命令口調……っ」

「決定事項だから。今日は、生でやりまくるから」

「なんっ……！」

睨むために振り返ったら、眇《すが》めた目の色気と迫力に圧倒された。少し疲れた顔の憲之は、脩なんかよりもよほど飢えていたのだという色を、この夜はじめて露骨に見せる。

「おまえのために、これだけ頑張ったんだ。俺にもいい思いさせてくれても、いいだろう」

「い、いい思いって……ど、どうすりゃいいの」

オンオフの切りかえがしっかりしているのは、べつにいい。けれど、いまのいままでこちらに興味がないような顔でほったらかしたあげく、いきなり濃いものを見せつけなくてもいいだろう。ほどほど、というのはないのかと、脩は泣きたくなってきた。

「だから、黙って風呂入って来いって言ってるだろう」

拒否権はなしかと思ったが、そもそも拒否するつもりは、脩にもまったくなかった。

抱きしめて逃がさないと腕を強くする男の強烈な自己主張は、震える尻の下で、いやというほど感じていたから。

＊　＊　＊

お風呂に入りました。と申告したとたん、腕を引っぱられて寝室に連れこまれ、着たばかりの寝間着代わりのシャツもスウェットも、ひん剝《む》く勢いで脱がされた。憲之は脩よりさきに手早くシャワーを浴び、似たような恰好だったのだが、それも勢いよく脱ぎ捨てていく。

眼鏡をはずす手つきも乱暴で、まるで苛立っているかのように思えた。正直、憲之がここまでがっついているのははじめてで、脩は少しばかり怖かった。

「ひ、ひさしぶりだから」

「うん」

「あの、できれば、お手柔らかに……」

「うん」

返事はしてくれるが、聞いていない気がする。

(ちょ、ちょっと目がいっちゃってないかな)

薄暗がりでいまいちよくわからないが、と脩は怯《ひる》みつつも、のしかかってくる憲之の肌を肌で感じると、自分もたしかに飢えていたのだと実感した。

「……勃《た》ってんじゃんかよ」

「さ、さっき憲之が、いじったからだろ」

「嘘だね。おまえ、触る前からちょっと期待してたろ」

言いきられ、思いきり頬をつねってやったのは、図星でもあったからだ。真っ赤になって手足をばたつかせ、言葉もなく抗議していると、憲之が押さえこんでくる。

「暴れんなよ。寝てなくて、ちっとばっか今日は、俺の忍耐力も切れてんだ」

低い声を発した唇が耳を噛む。たしかに、脩を包みこむ身体はいつもより体温が高い気がした。ひとをからかうくせに、憲之の股間《こかん》もなんだか、ものすごいことになっている。

「……痛いのやだよ？」

「痛がらせたことあったか」

「アリマセン……」

不安になって上目に見ると、不遜な態度で言いきられた。小さく答えて、もうこれは好きにさせるしかないだろうと脩があきらめの息をつくと、それを吸い取るようなキスが来た。

「ん――……っ」

ぎゅっと両胸をつままれながら、舌を吸われる。そのまま愛撫《あいぶ》されるかと思ったら、まるでつねるように力をくわえたあと、憲之の手はすぐに下肢へと伸びた。

（わ、ほんとに、がっついてる）

両手で、脩の尻を鷲摑《わしづか》み、捏ねるようにしながら重ねた下半身を揺すってくる。いままでにないほどの急いた動きは憲之ではないようで、怖くないと言えば嘘になる。けれども、こんなに欲しがられているのかと思えば、怯えよりも嬉しさと興奮がさきに立った。

「脩、脚開いて」

「ん……」

さんざんこすりあわせ、高ぶったそこを見せろと言われても、ためらわなかった。恥ずかしくて顔は赤らんだけれども、憲之がここまで欲情をぶつけてきたことなどない。だったら、全部さらして応えてあげたいと素直に思った。

「ん、あ、あう！」

開ききったそこに、舌が触れる。以前、冗談めかしてずいぶんなことを宣言した憲之だったけれど、本当に彼のフェラチオは、やさしくてせつない。技巧がどうこうというよりも、脩の感じる部分を見つけて、丁寧に執拗に追いこんでくるからだ。

先端を口腔で包みこみ、舐めながら唇の裏で刺激し、吸う。粘ついた音を立てながら根本をやわらかく揉んで、跳ねあがった腰の動きを利用するように喉奥まで飲みこむ。

「あ、いっちゃ、いっちゃう……」

「もうかよ」

「だっ、だって、ずっと、してな……っうあ！」

先端を指でふさぐようにしたあと、ぬめりを拭い取った指がうしろに触れる。ひさびさの行為に、一瞬だけ脩の身体が強ばったけれども、狭い粘膜はここ数年根気強く開発してくれた男の指を異物と認識しなかったようで、脩自身驚くようなスムーズさで入りこんだ。

「はは。忘れてないみたいだな」

「……って、思うなら、忘れそうなくらいほっとくなっ」

「悪い。ジェルとって」

太腿《ふともも》を噛みながらの言葉に口を尖らせつつ、定位置にあるそれを手に取るが、未開封だった。腰にキスを繰り返し、奥に入れた指を動かす憲之の代わりにフィルムを剝《は》がしつつ、使いかけのものが半年前にあった気がするがと脩は首をかしげる。

「古いの、捨てたの？」

「こういうのも消費期限があんだよ。間違って使ったらまずいだろ」

ココに使うんだからと、傷つきやすいところを指でそっと撫でられた。手のひらを出す男に透明なそれを絞り出してやりつつ、気を遣ってくれてるんだなあとちょっと嬉しいけれど、だいぶ恥ずかしい。脩は思わず視線をめぐらせ、隣にあったスキンも未開封なのに気づいた。

「……えと、こっちも開けとく？」

「ひとの話聞いてたか。今日は生だっつってんだろ」

ぎろりと睨まれて、わかってますと肩をすくめた。そんな怖い顔で言うことかと思うけれども、やはり頬の火照りは取れない。

「んん……」

ねとりとしたものが塗りつけられ、指の動きが大胆になった。息が弾み、指を飲んだ腰が無意識に上下に動く。違和感と、鈍痛と、快楽が全部混ざったこの感触が昔はきらいだったけれども、憲之の指にされていると思うだけで、脩の性器は濡れっぱなしになる。

はあ、はあ、と震えた吐息は脩の口からこぼれるだけではない。胸を噛んだり尻を捏ねたりする憲之の口からも、同じような熱が漏れている。

興奮と期待が全身を震わせて、身体中から汗が出た。息苦しいのに、キスもする。何度も舌を絡めて、口のまわりがべたべたになって、そういえばさっき舐められたんだったと思ったけれど、どうでもよかった。それより、憲之になにもしてあげなかったことのほうが、脩は気になった。

「あ、とで、あとで、あの……」

「ん？」

「おれも、くち、で、するから……っあ、んあああん！」

潤んだ目で言ったとたん、体内の指がひくっと動いた。思わず力が入ったという動きだったが、偶然それが快楽のポイントに引っかかり、甲高い声を脩から引き出す。そのまま、粘膜の襞《ひだ》をそろそろと撫でるような手つきで指を抜き取られ、憲之が含み笑って言った言葉にも、脩はまた小刻みに震えた。

「あとで、しゃぶって」

「……っ、ウン、ウン」

目を細めて笑った憲之の顔も、汗ばんでいる。眼鏡がないと野性味の増す顔を至近距離で見つめると、胸が痺れた。このまま挿入されるかと身がまえた脩の脚の間、疼《うず》く奥まった部分ではなく、その手前で震える性器に憲之のそれが押しつけられる。

（あ、すご……）

いつになく質量の感じられる硬直。つついてからかうような動きに「ん」と息を詰めると、先端同士を触れあわされ、同時に唇も重なった。

「んー……う」

ついばむようなキスと同じタイミングで触れたり離したりと遊ばれる。ひどく淫《みだ》らな気分になる悪戯《いたずら》に、もどかしくて背にまわした手を強くしたとたん。

「んん！」

ぬぐ、とそこが押し広げられ、同時に口のなかにも舌が入った。全身の毛穴が開いたかのように汗が噴きだし、目を瞠ったまま真っ赤になる脩に、口づけをほどいた憲之が囁く。

「あー……ひさしぶり。脩のなか、すっげ気持ちいい」

「ば、ばっ、……ばかぁ、あ」

憎まれ口を叩くつもりが、動かれて声がとろけてしまった。おまけに胸までいじられ、あん、とあえいで腰が浮くと、もっと奥まで入りこまれる。ひ、と息を呑んで、さすがにもう怖いと目の前の胸を押し返した。

「なあ、無理……もう、むりっ」

「嘘つけよ。いけるだろ」

「んあん！」

しごかれながら、ずん、と突かれる。仰《の》け反った脩の尻を摑んだまま、憲之はいったん引いた腰で入り口あたりをねちっこくかきまわした。あん、あん、とせつない甘い声があがったそのあとで、もう一度奥に叩きこんでくる。

「だ、だめだってば、だめっ」

「ん？　じゃ、いいんだ」

違う違うとかぶりを振っているのに、聞いてくれない。だが脩の手は憲之の腕を握りしめ、甘えるように硬い逞しい腕を撫でている。おまけに、つながった腰が不規則に跳ねる状態では当然だと、どこかでわかってもいた。

(感じる、でも、怖い)

憲之にはじめて抱かれてからずっと、この相反する感覚は毎回訪れる。脩と違って学習能力の高い彼が、だめ、と言うたび激しくなるのはいつものことだけれど、あまりにひさしぶりのせいか、感覚の制御ができなくて、脩は泣きじゃくっていた。

「あ、だ、め、ほんっ、とにっ、だめっ、あっ、あっ！」

「じゃあ、やめるか」

「うあ！」

ずる、と腰を引かれて、脩は目を瞠った。意地悪く微笑む憲之は、熱っぽい硬直を抜け落ちるぎりぎりのところでとどめ、小刻みに揺らしてくる。

「や……やだ、入れてよ」

わざと浅いところで動かされ、気持ちいいのに物足りない。さっきまでみっしりと埋め尽くされていたものがないのはさみしすぎて、必死になって腰を動かすけれど、押し出すと引かれ、ゆらゆらとうねる粘膜は中途半端な刺激ばかりで、泣きそうになってくる。

「ねえ、ねえ、入れて、憲之」

「欲しいか？」

「あ、あ、ほしいよお……」

ぴったり、形があっているアレで、やさしくいじめてほしい。

誰よりも意地悪で、誰よりもやさしい憲之に開発された身体は、もう彼じゃないと物足りないし、埋められない。

「奥まで？　深く突く？」

「奥まで、奥までいれて、深いとこ、突いて」

唆《そそのか》される言葉の意味もわからないまま、鸚鵡《おうむ》返しにして何度もうなずく。べそをかきながら広い肩を摑み、濡れた目でじっと見つめてせがむけれど、なかなか思ったとおりにしてくれない。ひどい、と思ったとたん、ぼろっと涙がこぼれた。

「もうやだ、もう、おれ、いっぱい待ったよ」

「脩……？」

「いい子で待ったじゃん。ずっと、ずっとしてほしかったのに。憲之のせいで、エッチ好きになったのに、お、おれ……」

さみしかったのに、とわななく声でつぶやくと、憲之は一瞬だけ顔をしかめた。睨むような目で見られて、脩が反射的にびくっとなる。

「ばか」

わがまま言うな――と、叱られるかと思った。けれど脩が怯えるより早く、きつく抱き寄せられ、待ち望んだそれが奥まで埋まってくる。

「あっ、んん！」

「好きでほっといたわけじゃねえよ。わかれ、それくらい。こっちだってな……」

「え？　んーっ、……ん、んんー！」

こっちだってなんだと問うことはできなかった。顎を捕まえた憲之が唇をふさいで、何度も角度を変えながら好き放題貪《むさぼ》ってきたからだ。

(なにこれ。なんか、なんか、すごく……すごい)

いつになく激しく、執拗なキスは、脩が息苦しいともがけば中断され、けれど少し酸素を吸ったところでまた再開された。情熱的と言っていいような口づけの間に、髪や頬、肩から胸など、愛撫というよりも、ただただ撫でさするようにあちこちを触られた。

愛おしみ、慈しんでいるような手のひらの動きに肌が痺れ、胸が震えた。

「……泣くなっつの」

濡れた目元を、少し乱暴に拭われる。相変わらず、甘いところが少ない憲之を意地悪だとかひどいとかなじってやろうにも、吸われすぎた舌がじんじんして、うまく喋れない。無言で睨みつけていると、また、キスだ。

「んん、も、ん……っ」

舌先をそっと嚙まれて、いきそうになる。口腔と同じようにびくりと震えてすくんだのは憲之のものを飲みこんだ、身体の奥。

「ん、は……っ」

唇が解放されるのと、うねるようなそこを抉《えぐ》る動きを再開されたのは同時で、脩はただ惚けたような声をあげ、揺さぶられるばかりになった。

「あう、あ、あっ、あっ」

「あー……くそ……やばい」

ぼうっとした声で腰を振る男を見あげると、少し苦しそうに目を閉じ、息を切らしていた。こういうとき妙に無防備な顔をする憲之が、脩はとても好きだった。ふだんは愛想も素っ気もないくせに、脩のなかで暴れるそれを脈打たせる瞬間は、本当に気持ちがよさそうで——こんな顔をさせられる自分の身体が、けっこういいものなのかなあ、なんて思える。

「の……憲之、いい？」

「んん？」

揺すられながら問いかけると、憲之がうっすら目を開く。至近距離にある切れ長の目が潤んでいて、見交わすと脩の身体の奥深くが、きゅくんと甘ったるく疼いた。

「お、おれ、気持ちいい？　おれの、あそこ……すき？」

少しは夢中になってくれているだろうか。むかしみたいに傲慢に、「させてあげてる」なんて言えるほどの自信は、憲之に対してはかけらもない。

ただ、そうだったらいいなあ、と思って涙目で問いかけた脩の言葉に対し、しばらく無言でいた憲之の視線が、顔、胸、結合部と脩の身体を撫で下ろした。

「感想はいろいろあるが、逐一、言ってほしいか？」

そしてもう一度顔に移って、にや、と笑う男に、なにかとんでもないことを言われそうな気がして、脩はあわててかぶりを振る。

「や……いらない、デス」

「遠慮すんな。訊いたのそっちだろ」

「やっ、ほんとにいらないっ」

なんかエロいこと言う気だ。びびって逃げようにも肩を押さえつけられる。屈《かが》みこんできた憲之がそっと耳を噛み、震えあがった脩の鼓膜にどろりとした声を注ぎこんだ。

「なか、ぬるぬるなのに、きつくてあちぃよ」

「ひ……っ」

「最初ざらざらしてんのに、感じてくるとそれが濡れて膨らんで、すげえぴったり吸いつく」

囁きに、全身が総毛立つ。憲之の声はふだんでも腰に来るというのに、それに吐息を含ませ、舌の鳴る音を混ぜこんだうえで、言葉も卑猥に選び抜くのだから、たまらない。

「……っ、や、言わなくて、いい、てばっ」

「だぁから、自分が訊いたんだろうが」

長い脩の髪をかきあげ、舌で濡らした耳朶《じだ》をつまみながら憲之はおかしそうに笑った。ふわふわした手触りのそこが気に入っているのは、楽しそうに触れる手つきでわかる。

「いいからもう、ちょっと好きにいじくらせて、いじめさせろ」

「や——！」

ざわ、と身体中の血が沸き立つ。脩は肩をすくめ、ぎゅっと腕を縮めて身体に引きつけ、ちいさくまるまった。そうせずにはいられなかった。せめて『自分』がまんなかに集まるようにしていないと、どこもかしこもとろけて消えてしまいそうで、怖くてしかたなかった。

「ちっちゃくなるなよ。顔も隠すな、手も噛むな」

「め、命令ばっか、すんな」

感覚をこらえるために噛みついていた手の甲を取りあげられ、歯型のついたそこを長い指で撫でられた。そんなのにまで感じて、もうやだ、と脩はしゃくりあげた。

「憲之、濃いぃ、怖い」

「あたりまえだ。半年だぞ。おまえのくっだらない大人の夢の国とやらの、三泊四日のために半年俺はオフなしの、セックスなしだ」

ひいひいと怯えて身を縮めているのに、腕を摑んでシーツに押しとどめ、さらに激しく揺さぶってくる。もう抵抗できるのは口しかなく、脩は必死になって噛みそうな舌を動かした。

「せっ、セックスばっかのエロ小僧じゃないって、……あっ、言った、じゃんっ！　前だって、三ヶ月も、しなかっ……や、やっやっ！」

「あんときゃ、おまえの身体は俺仕様にカスタマイズする前だろうが」

ひとをパソコンと一緒にするな、という文句はキスにふさがれる。ぐちゃぐちゃのぐちゅぐちゅ状態にされ、息も絶え絶えになった脩の唇に吸いつく合間を縫って、憲之は言った。

「もう黙れ。俺のせいで、好きになったんだろ」

こんなときにしか見せない熱っぽい目に、脩は喉を鳴らして泣くしかない。

「すき、すき……いく、いっちゃうから、ねえ、ねえっ」

「なん、だよ」

憲之の声も、かすれている。ごくたまに、息をつめたり、背中を震わせたりしている姿を見つけると、彼もまた感じているのだとわかって甘く苦しい気分がつのる。

「好きって、言って、よお……」

「いやだ」

即答に見開いた目を手のひらでふさがれて、ついでに口もふさがれる。喉の奥まで舌で撫でるようなキスは苦しいのに、性感が高まりすぎた身体はそれを快楽としか受けとらない。

「いく、や、もうい、いっちゃう、だめ」

「もうちょい、我慢」

「やーっ！　憲之、あ、そこや、や、あ、あああ！」

こらえろと言っておいて、憲之はいちばん敏感なところを立て続けにこすりあげてきた。あ、と叫んだあとには声が途切れ、身体のなかでなにかが爆発したような感覚に見舞われて、脩はがくんと身体を跳ねさせる。

「は……っ、は、あ、あは……っ」

全身が痙攣《けいれん》して、目も口も開いたまま、脩は到達の余韻に耐えていた。憲之の下腹部は、脩の体液でべったりと汚れ、どれだけ激しくいったのかと、はしたない痕《あと》に赤くなった。

しかし、いっちゃった、などと照れていられたのはほんの一瞬だ。

「……我慢しろ、つったろが」

非常に不本意そうなうめき声が、頭上から聞こえる。ぎくりとして、反射的に逃げようとした身体を押さえこまれ、待てと言う暇もなくまた、揺さぶられた。

「や……っ、やだ、もう、いった、いったのに！」

「俺はまだ。つきあえるだろ？　まだ、おまえの硬い……こっちは、とろっとろだけど」

「やああ、もう、やあっ」

言葉だけ拒んでいるけれど、しがみつく腕はほどかない。憲之を飲みこんだそこも、いったいどういう構造だと思うくらい、勝手に収縮して、止まらない。

射精もして、疲れているはずなのに、もっとずっと動いていてほしい。ふだんの冷たいような顔が嘘みたいにしつこく腰を押しつけてくる憲之の、熱い律動をやめてほしくない。

「脩、中出し、していいか」

「うやっ！」

ねろ、と耳を舐められながらの憲之のおねだりに、してほしいなんて思ったことは絶対に言いたくない。けれど、もし、欲しい言葉を告げてくれたら、意外にスケベなカレシの言うことを、聞いてやらないでもないと脩は思った。

「す……好きって、言ったら、いいよ、しても」

「……」

そこで黙るかこの野郎。目をつりあげた脩が性懲りもなくもがこうとしたら、押さえこまれて、キスされて、さっきよりうんと激しいことをされまくった。

「やらしいこと、ばっか、言うなっ！　好きって言えってば、ばか！」

「ばかっ子がひとにばか言うな……っての」

こんな最中なのに、ぐにっと脩の頰を引っぱって皮肉に笑った憲之は、まだ文句を言いたげな尖った唇に、たっぷり長く、脳までどろどろになるようなキスをした。

「言葉なんかより、いろいろ、くれてやっただろうが。……つうわけで、出す」

「なにそれ、ばか、ばか、や……っ、あ、あうん！」

結局ここでも憲之の『決定事項』は覆ることはなく、叩きつけるような動きと一緒に脩もふたたび高みにのぼらされ、奥の奥まで暴かれたまま、ぐずぐずになって溶け落ちる。

憲之の手のなかで揉みくちゃにされ、言葉をよこせとねだるぶんだけいじめられた。それでもこれが、いままでしたなかでも最高のセックスなのが悔しくて、でも気持ちよくて、せめてもの仕返しにと広い肩に思いきり、嚙みついてやった。

憲之は痛いと呻いて、でも笑っただけだった。

＊　＊　＊

インターバルはこちらも同じと、熱っぽく抱いてくれた憲之に息も絶え絶えにさせられたのちにも、せがんだ言葉をもらうことはできなかった。

「なんで、そこまでして言わないかなあ……」

「いろいろ、あんだよ」

満足そうにぷかりと煙草を吹かした憲之は、起きあがれもしない脩を後目に、すっかり元気になっている。どういう体力だと空恐ろしくなりながら、脩は枕を抱いてため息をついた。

「おれ、このまんま、ずっと、言ってもらえないわけ？」

たしかに言葉ひとつよりも、もらったものは大きい。だがそこまで意固地にならなくてもいいじゃないかとも思う。ふてくされ、結局うわてのカレシに勝てはしないのかと背中を向けた脩の額に、ぺしっとなにかが乗せられた。

「なに……」

見れば例の封筒だった。だが、脩の手を、それはさっとすり抜ける。摑もうとしたとたん、憲之がそれを持ちあげたからだ。

「もお。子どもみたいなこと、すんなよ」

「簡単にやったら、なんでもありがたみがないだろうが」

「ありがたいです！　ちょーありがたいから、ください！」

やけくそのように脩がわめくと、封筒をひらひら振りながら、憲之はにやっと笑った。

「とりあえず、ムード作ったらな」

「え？」

あとがき

こんにちは、崎谷です。いきなりですが、わたしはばかっ子が大好きです。書いていてこれ以上楽しいキャラはないかもしれません。天然が入るとなおよいです。そこにいじめっ子投入したら最高です。という好きパターンぶちこみまくりでお送りしております。この手の話を書いたのは……だいたい一年ぶり、くらいかな？　最近はシリアスが多かったのですが、ひさしぶりにコメディタッチのゆるゆるとした話が書きたかったので、いまはめちゃくちゃ満足しています。深く考えず、つるっと楽しんでいただけたらいいなあと。

身体からはじまっちゃうタイプの話はよく書いてまして、この関連作になる「恋愛証明書」もそうだったんですが、今回の話ではウェットな部分をいっさい省いたはじまりにしました。関係を重ねるうちにテンションがあがって好きになったとか、もともと片思いだったとかではなく「あれそういえばなんか好きかも」が、同棲二年目でやっとこさわかるヘンなふたり。攻めも受けも変なキャラになった感じがしますが、書いていてこのうえなく楽しかったです。

脩のようなおばかちゃんキャラはこよなく好きで、よく書くのですが、憲之は担当様にプロットを出したのち「ツンツンツンデレ（デレが最後に見え隠れ）」の称号をいただきました。でも実作になったら案外デレが増量し、ただの意固地な人になった感が非常に強いですが、書くのはものすごく楽しかったです。

前回で春海がシステム部にいたという話になっていたので、今回の憲之はフリーSEとなりましたが、チェックをお願いした友人に「こいつスーパーSEだねえ」と言われたとおり、あり得ないほどマルチな男になっています。本当はもっと、専門分野に特化するのが常なのは調べてわかってたんですが、脩のアレっぷりに対抗できる攻めだし、いっそ漫画っぽいくらいのキャラにしちゃえと、ああなりました。怒りんぼ理系眼鏡攻め。そう眼鏡攻め。毎度思うことながら、なぜ私が書くと、ステキ眼鏡攻めにならないのですかね……。

SE実話暴露の関連本を読んだものの、あの業種は一瞬で流れが変わってしまうので、本に書いてあることがすでに古すぎた、というのも多くて、資料本はあまり役に立たなかったです。臨場感だけは味わえましたが。SZKさんまたもSE関連の言語のツッコミお願いしてごめんなさい。友人Rさん、坂井さんも細々のツッコミやその他フォローをありがとう。

今回、過去のなかでもあり得ないほどのご迷惑をおかけした街子マドカさま、申し訳ありません。しかし、考えたとおりの脩と憲之、かわいくて本当にステキでした。ありがとうございました。同じくご迷惑をおかけした担当様、いつもご相談にのっていただき感謝です。

そしてじつは春海と遼一の番外も書けたらと思っていたらページと時間の都合でタイムアウトだったため、次ページからちょっとしたショートです。

読んでいただいた方も、本当にありがとうございました。またお会いできれば幸いです。

■おまけショート『お見合い顚末記』

「春海さん、お帰りなさい。さっき准くんは寝たところです」

「ああ、ただいま。悪いな、いつも……、？」

ふだんからふんわりと麗しい遼一の笑みに、なにか引っかかるものを覚えた春海は、玄関先で首をかしげる。

「なにか、あったのか」

「なにかあったのは、春海さんのほうですよね」

笑顔の遼一の拳は、ぐっと身体の横で握られている。どうやらかなり怒っている気配にようやく気づき、いったいなにをしただろうかと冷や汗をかいた春海の、鞄に入れっぱなしだった携帯電話がバイブレーションする。「ごめん、ちょっとだけ待って」と言い置いて、フラップを開く。帰途に利用する地下鉄で受信不可能になっていたらしく、着信のタイムスタンプは数時間前だ。送信者は元妻、そして脩。いったいなにごとだとメールを開いた春海は、そのまま固まった。

【史恵です。ご親戚の妖怪ババアがあなたのラブリーに出て行けって迫ったそうです。准から激怒のメールが来たわ。対処策は伝えておいたけど、見合いの話が遼一くんにバレました。しっかりしなさいね！】

【春海ちゃん、お見合いちゃんと断った？　遼ちゃんへこんでたよ、慰めてね☆　脩】

たっぷり数分二通のメールを読み直し、せめて帰宅前に気づけば心の準備ができたのにと春海は硬直した。おそるおそる顔をあげたさきにいる遼一は、やっぱりにっこりと微笑んでいる。だがその白皙《はくせき》の面のこめかみに、なんとなく青い血管が浮きあがっている気がするのは、春海の気のせいではないだろう。

「とりあえず、居間でお話をうかがえますか、春海さん」

「はい……」

儚《はかな》げでおとなしく控えめな遼一だが、いったん怒ったときの強情さはかなりすさまじい。しおしおとうなだれつつ春海が言うとおりにしたがうと、ほっそりした脚の持ち主は優美な歩みで居間へと向かった。目線で『座りなさい』と示され、従順に従った春海は、頭をかきながらまず謝罪を口にする。

「あー……うちの伯母が、迷惑をかけたね」

「それはいいです。ご説明いただきたいのは、どうして余呉さんや、史恵さんまでが見合い話を知っていて、俺だけが蚊帳《かや》の外なのかってことです」

ぴく、と笑ったままの遼一の瞼が動いた。ますます背中に冷たいものを感じつつ、春海は言い訳がましいけれどと前置いて、ため息をこぼした。

「言いたくなかったから、言わなかった。いらない心配をかけたくなかったんだ」

「余呉さんにまで愚痴を言うのに、俺には言えないんですか」

「遼一だから、言えないんだよ」

どういう意味だとじっと見つめてくる、きれいな顔の青年に、春海は情けなく笑う。

「言って、遼一が『そのほうがあなたのためだ』とか言い出すのが怖かったから。余呉さんも同意だった。だからギリギリまで黙っていてくれたんだ」

「そんな……」

「そんなこと言わない、なんて言うなよ。俺はいつだって、きみが怖い」

怖いってどうして。目顔で問う遼一は自覚がないのだなと春海はほろ苦く笑った。

控えめで、春海と准をとても愛してくれていて、それがゆえに及び腰になるのは遼一だ。

「些細なことでも、遼一が俺から逃げる理由になりはしないか、思いつめはしないか。どうせ断る見合いなんかで、いらない心労をきみに与えたくなかった」

同居させるときにも渋りに渋って、家事を手伝ってくれる代わりに家賃はいらないと、ハウスキーパーとしての立場を確立することで、やっとうなずいてくれたくらいだ。言葉足らずに甘えたあげく、勝手に別れを決められたときのショックはまだ消え失せていないことを、春海は穏やかに、遼一をけっして責めているのではないとわかるように、告げた。

「けれどそれで、結果、遼一にはもっといやな思いをさせたね。謝るよ。ごめん」

「……そうですね、謝ってください」

謝るな、とてっきり言うかと思った遼一の、毅然とした言葉にいささか春海は驚く。顔をあげると、遼一は目の縁に潤みをたたえたまま、まっすぐに春海を見ていた。

「准くんが、ご親戚の方を怒鳴りつけて、かばってくれて、俺は嬉しかった。あの子は、俺のこと家族だって言ってくれました」

「遼一……？」

「いまさら、もう、これくらいのことで……別れられないです。春海さんに迷惑かけて、面倒な思いさせてるって、わかってるのにもう、俺は、ここから出ていけない」

目の縁を赤くして、それでも遼一はきっぱりと言った。手を差し伸べると、素直に腕に抱かれてくれる。居間なのにとか、家のなかなのにとか、以前は寝室以外でスキンシップを許さなかった彼の髪に鼻先を埋め、幸福感と恋人のにおいを春海は胸いっぱい吸いこむ。

「准は、なんて言ってきみをかばったの」

「……ちょっと、言えません」

言葉を濁した遼一に、最近どんどん口が悪くなる准が相当なことを言ったのが想像できた。おまけに史恵の入れ知恵つきだ、あとでまた伯母には嫌味の嵐だろうと苦笑する。それでも、この存在を護ったことは、我が子ながらあっぱれと褒めてやりたい。

「まあ、ちょっと、いいところは持っていかれたかな」

「え……？」

なんでもないとごまかして、腕のなかの身体を抱き直す。ほっそりした首筋に顔を埋め、敏感な皮膚をそっと吸うと、遼一はびくりと過敏に反応した。

「准はもう、寝たよね」

「はい……」

耳元に色を乗せた囁きを含ませると、遼一は小刻みに震えはじめる。小さく笑って、春海はあえて吐息を絡ませた声で、だめ押しする。

「明日は水曜だし、寝かせなくてもいい……？」

「は、春海さん、お疲れなんじゃ」

「遼一をかわいがるほうが優先」

真っ赤になった恋人は、腕のなかで硬直する。自分よりもよほど、いろんな相手を知っているくせに、いつまでも初々しい反応をするのがいとおしくてならず、言葉をなくした唇をやわらかく吸った。

「遼一、まだうちの子になる決心はつかない？」

「……准くんと兄弟になるのは、ちょっと」

何度も持ちかけているけれど、この話については平行線のままだ。うつむいてしまった細い顎を指ですくい、焦る気はないと伝えるためにやわらかなキスだけを贈る。

「いいよ。ずっと待つから。それから、俺が結婚する相手がこのさきいるとしたら、遼一以外には絶対にないから、それだけは疑わないで」

わかった？　と目を覗きこむと、頬を染めたまま遼一がぽつりと言った。

「図々しいと、思ったんですけど」

「うん？」

「お見合いの話を聞いても、は、腹が立ったのは隠しごとされたって、だけで。そこは、あんまり、疑いませんでした」

そのひとことに、春海は満面の笑みを浮かべた。遼一のほうが照れて目をあわせられなくなるほどに嬉しげな表情のまま、きつくきつく、抱きしめる。

「愛してるよ、遼一」

毎日絶対に必ず囁く愛の言葉は、過去の後悔から来るものだ。及び腰で思いつめやすい遼一に、せめて言葉だけでもと捧げ続けてきたそれが、少しはかたくなな胸に届いて根づいてくれたのなら、春海にとってこれ以上の幸福はない。

「……俺も、です」

羞《は》じらう赤みを乗せた唇の甘さにとらわれたまま、細い腰を抱いた春海は、ふたりだけの秘めごとを睦ませる部屋へと、遼一をいざなった。

✦初出　キスができない、恋をしたい……………書き下ろし

崎谷はるひ先生、街子マドカ先生へのお便り、本作品に関するご意見、ご感想などは
〒151-0051 東京都渋谷区千駄ヶ谷 4-9-7
幻冬舎コミックス　ルチル文庫「キスができない、恋をしたい」係まで。

幻冬舎ルチル文庫

キスができない、恋をしたい

2008年1月20日　第1刷発行

✦著者　崎谷はるひ　さきや はるひ

✦発行人　伊藤嘉彦

✦発行元　株式会社 幻冬舎コミックス
〒151-0051 東京都渋谷区千駄ヶ谷 4-9-7
電話 03(5411)6432［編集］

✦発売元　株式会社 幻冬舎
〒151-0051 東京都渋谷区千駄ヶ谷 4-9-7
電話 03(5411)6222［営業］
振替 00120-8-767643

✦印刷・製本所　中央精版印刷株式会社

✦検印廃止

ISBN978-4-344-81205-5　C0193　Printed in Japan

「大人の夢の国とやらで、ありがたみが増しまくる場面で言ってやるよ。子どもにはそれが似合いだろ」

どうだと顔を覗きこまれて、脩はしばらく反応できなかった。まったくもって、ばかにしているのか、大事にしてくれているのか、いまだに憲之はよくわからない。

というよりこれがおそらく、彼なりの愛情表現なのだろうけれど。

「絶対だからな。嘘ついたら、許さないから」

「嘘はつかねえって知ってるだろ」

そんなひねくれた手のうちで、くるくる踊らされているのが悔しい。抱きついた脩は、せいぜい怒った顔を作ってやろうと必死で眉間に皺を寄せ、けれど半泣きの歪んだ顔になるのをこらえられない。

(知ってるよ)

背中を撫でる手のほうが、素直じゃない言葉よりよほど雄弁なことも、たぶん脩が考える以上に、大事にされていることも。だから愛の告白なんて、ないならないでもかまわない。

けれどひとつだけどうしても、訊いておきたいことがあった。

「でも憲之って、おれのどこが好きなの?」

「……最高にウザい質問をありがとう。ここで仕事とおれとどっちが大事とか訊いたら、本気で踏みつけるぞ」

ぴったりくっついていた身体は、温度を下げた男の腕に、ぽいとばかりに振り払われた。

脩は広い背中にのしかかり、めげないからなと抱きついてやる。

「踏みつけるんだ。でも捨てないんだ」

「いまさら新しいのに乗り換えるくらいなら、あんな労力、最初から払わねえよ」

「うん、そうだね」

こっくりうなずいてやったのに、憲之はやっぱり目を眇めた。睨むみたいな表情は、ド近眼の彼が裸眼のせいだろうと都合よく解釈することにして、脩はひねた言葉ばかり紡ぐ唇を、自分のそれでふさいでやる。今度は振り払われることもなく、憲之も目を閉じた。

（まつげ、ながい）

うっすら目を開け、いまさら確認して、どきどきと胸が高鳴った。

腰を抱く腕、唇を撫でる舌、髪を梳《す》く指の全部に、憲之の気持ちをちゃんと感じる。

妙なはじまりでここまで来たけれども、たぶんあのときから、脩は恋をしていた。

そしてこれからもずっと、憲之に向かって、いままでいちばん本気の、恋をしている。